推理要在晚餐后 1

〔日〕东川笃哉 著
黄健育 译

人民文学出版社

著作权合同登记：图字 01-2019-7717 号

NAZOTOKI WA DINNER NO ATO DE
by Tokuya HIGASHIGAWA
© 2010 Tokuya HIGASHIGAWA
All rights reserved.
Original Japanese edition published by SHOGAKUKAN.
Chinese translation rights in China (excluding Hong Kong, Macao and Taiwan) arranged with SHOGAKUKAN through Shanghai Viz Communication Inc.

图书在版编目(CIP)数据

推理要在晚餐后. 1 /（日）东川笃哉著；黄健育译. —北京：人民文学出版社，2017（2020.1 重印）
ISBN 978-7-02-013434-2

Ⅰ.①推… Ⅱ.①东…②黄… Ⅲ.①推理小说-日本-现代 Ⅳ.①I313.45

中国版本图书馆 CIP 数据核字(2017)第 251466 号

责任编辑	甘　慧　李　殷　王皎娇
装帧设计	汪佳诗

出版发行	人民文学出版社
社　　址	北京市朝内大街 166 号
邮政编码	100705
网　　址	http://www.rw-cn.com
印　　制	上海盛通时代印刷有限公司
经　　销	全国新华书店等
字　　数	170 千字
开　　本	890×1240 毫米　1/32
印　　张	8
版　　次	2017 年 12 月北京第 1 版
印　　次	2020 年 1 月第 2 次印刷
书　　号	978-7-02-013434-2
定　　价	39.00 元

如有印装质量问题，请与本社图书销售中心调换。电话：010－65233595

请恕我失礼，难不成大小姐您的眼睛是瞎了吗？

目 录

001	第一部	杀人现场请脱鞋
037	第二部	来杯杀人红酒如何？
075	第三部	美丽的蔷薇中蕴含着杀意
115	第四部	新娘身陷密室之中
157	第五部	请小心劈腿
199	第六部	请看来自死者的留言

第一部 杀人现场请脱鞋

1

在公寓的某户门口。宝生丽子按响门铃后，挂着门链的门打开了一道狭窄的缝隙，窄缝里露出一张男人的脸。丽子身旁的风祭警部迅速亮出警徽，门后的男人——田代裕也脸上的表情瞬间转变。显然，警方突然登门造访似乎让他相当意外，同时也感到非常不快。唉，这也没办法强人所难啊，丽子心想。很少有人能够事先预知警察来访，更别说会因此而感到欢喜了。

"刑警先生找我有什么事吗？"

"不拐弯抹角了，"风祭警部摆起架子，告知此行的来意，"关于一位叫作吉本瞳的女性，我们有些事情想请教您。"

"等……等一下，刑警先生。为什么刑警先生要跑来问我这种事情呢？那女人在外头做了什么事情吗？"

"哎哟，看您的样子，莫非您还不知道？"风祭警部顿了一下，观察对方的反应，然后告诉他说，"吉本瞳小姐，昨晚被人杀害了。"

"你说什么！"田代裕也一脸愕然，他解开门链，套上鞋子走出门外，"我明白了。既然如此，我们换个地方再谈吧。"

田代裕也并没有招呼刑警们进入自己的公寓，反而立刻关上了门，仿佛不愿让外人踏入房间一步。

可是就在关上大门的前一刻，丽子已经看到了。在运动鞋与皮鞋随地乱扔的玄关一隅，有一双漂亮的白色高跟鞋。怪不得他不想让我们进去，田代裕也大概是有新的女朋友了吧。丽子回想起昨天才看过的被害者。

遭到杀害的吉本瞳穿着的并不是高跟鞋，而是长靴——

如果在国立市的命案现场附近见到一辆亮银色捷豹的话，那必定是风祭警部的爱车。毕竟在国立市，亮银色的捷豹可说是相当罕见，和杀人事件串在一起就更稀奇了——

十月十五日，星期六，晚上七点半。国立车站南出口，在这散发文化气息的时髦城市中心，大学路整条路上有好多学生与通勤的上班族熙来攘往，好不热闹。但是在另一个方向，也就是车站北出口那儿，不过徒步数分钟的距离，却是一个散发着生活气息的平凡住宅区，身穿制服的警察们来到北二丁目，把整条巷子挤得水泄不通。

那边有栋三层楼的公寓。看来风祭警部已经先一步抵达现场了。宝生丽子刚下警车，一边斜眼瞄了一下停在路旁的捷豹，一边穿过禁止进入的黄色封锁线，接着踏上铁制的户外楼梯，来到304号。向站在门口的警察点头示意之后，宝生丽子便踏进了命案现场。那是个非常普通的单身套房公寓。在门口处有个小小的脱鞋区，沿着铺有地毯的小走廊向前延伸,那位身穿英国制三件式西装的风祭警部就站在走廊那头。

"哎呀,总算来啦。我还在担心你是不是在哪里迷路了呢,小姑娘。"

"对不起,我来晚了。"丽子虽然很坦率地低头道歉,但是她也有绝不能退让的坚持,"抱歉——可以请您别再叫我'小姑娘'好吗?警部,被其他人听到会乱学的。"

"哎哟,是吗?"风祭警部歪着脑袋,好像觉得这没什么大不了的。

风祭警部今年三十二岁,单身。不过他不是一般的单身汉,他的父亲是知名汽车制造大厂——"风祭汽车"的社长,换句话说,他是有钱人家的少爷。单身贵族这个称呼放在他身上还真是恰如其分。与此同时,他还是一名隶属于国立署的警察,职衔为警部。这奇特的身份交错实在很难让人正经看待他。如果有人问他:"你为什么要当警察呢?"他肯定会一面露出游刃有余的笑容,一面说出更令人喷饭的答案:"其实我本来是想当职业棒球选手的。"不过这也未必是在开玩笑。因为,他当年在高中棒球界里确实是个小有名气的优秀选手。总之若是要用最简单的几句话来说明风祭警部的来历,或许该如此形容说:"棒球漫画《巨人之星》的主要角色——'花形汽车'的小开花形满,错失了入选阪神老虎队的机会,在无可奈何的情况下又刚好通过了警官任用考试,然后顺水推舟就当上了警官。"当然,也可以简化为"富二代的少爷警部"。尽管这话要是被他本人听到,肯定会生气。

宝生丽子很不擅长应付这个警部，但风祭警部却从来没察觉到这点。丽子心想，这么不懂察言观色的人，居然也能当上警部，还真是个奇闻。

"被害人是住在这间套房的二十五岁派遣职员，名叫吉本瞳。你过来看看。"

风祭警部指向走廊尽头那道门。丽子打开那扇门，战战兢兢地踏进现场。那是一间大约三坪①大小、铺着木头地板的房间。

尸体位于刚进房间的位置，身体呈大字形俯卧在地板上，没有大出血，看来似乎是被勒死的。原本做好心理准备面对血淋淋的凄惨杀人现场的丽子，看到这种情况后，不禁按着胸口松了一口气。与此同时，丽子对那具尸体，则是产生了微妙的第一印象。原因在于被害人身上穿着的衣物——牛仔布迷你裙搭配着乡村风衬衫，背上还背着一个小背包，这显然是准备出门的打扮。此外，被害人甚至还穿好了鞋子，准确地说，是棕色的长靴。在房间里穿长靴，这的确很不寻常。

当丽子试图在脑海里整理现场状况的时候，风祭警部在一旁发出了无谓的噪声——呃，应该说是宝贵的建言。

"假设被害人是在回家时遭到某人袭击好了。被害人虽然拼命抵抗，但是力有未逮，在这房间内被勒死了，这是一般人都会做的推论。不过实际上却并非如此。你看这里，宝生，从玄关通往这间房间的走廊上，没有任何类似脚印的痕迹，而且这片木头地板也同样干净，

---

① 1坪约3.3平方米。

可是，被害人明明穿着靴子啊！你不觉得这种情况很古怪吗？"

就算你不说，打从第一眼看到现场的瞬间，我就发现异常之处了——丽子原本想这么回嘴，但她知道这样会坏了上司的心情，于是，丽子假装出一副钦佩的样子说道："警部所言甚是，现场的情况确实相当古怪。这到底是怎么回事呢？"

也许被害人是在其他地方遭到杀害，之后尸体才被搬运到这房间里来也说不定。如果凶手把尸体扛在肩膀上搬运的话，走廊和木头地板上面自然就不会留下被害人的脚印啰——丽子这么想时，风祭警部开口说道：

"凶手大概是在别的地方杀了被害人，然后再将尸体搬运到这个房间里吧。如果扛着尸体搬运的话，当然就不会留下脚印了。"

他的意见跟丽子完全相同，丽子心中不禁萌生出一种著作权遭到侵害的感受。不过这都不重要了。总之，如果这项推理是正确的，那么嫌犯人数就能够一下子减半了——凶手必定是男性。毕竟，凭女人的力气，要扛起尸体是极为困难的。就在丽子想到这里的时候——

"没错，凶手是男性！"风祭警部又再次抢先说出口了，"凭女人的力气，要扛起尸体是不可能的事情。而且，假使双方没有相当的体力差距，绝不可能在一对一的状态下，迅速地完成勒毙对方的行为。凶手果然还是男性啊。"

"原来如此，真不愧是警部。"论起抢话的功夫，风祭警部可说是无人能敌。可是也不能一味地钦佩个没完没了啊。"警部，我认为这案子还不能断定是男性单独犯案。因为即使是女性，只要两人同心协力，无论是勒毙对方的行为，还是搬运尸体的作业，不也都能轻松完成吗？"

"其实就算你不说，打从第一眼看到现场的那一刻起，我就已经想到这个可能性。"

不，这根本是胡说八道！你一定是在我说出口之后才想到的吧！这个含着金汤匙出生的家伙！

"你觉得如何，宝生？"

"嗯，真不愧是警部。"

她的脑袋里已经想不出其他的话了。宝生丽子果然还是不擅长应付风祭警部。

现场勘验随即开始，好几个重要线索接连被揭露开来。首先，死亡时间推测在傍晚六点左右。死因一如想象，是遭到勒颈而窒息身亡。除此之外，找不到任何外伤或施暴的痕迹，用于勒毙被害人的凶器，推测应该是细绳之类的东西。

在等待尸体被运送出去的空当里，丽子重新观察了一遍被害人的房间。一片凌乱，就算是想美言几句也说不出口——虽然说嫌弃人家房间很乱有点像是对遭到杀害的女性二度伤害，让丽子觉得过意不去，但这的确是事实——书架塞满了书，CD 架上的 CD 也多到快满出来，收纳箱里堆着至少一个月的报纸，床上的棉被也维持着刚起床时的散漫状态。不过，年轻女性的独居生活大致上都像这样子，所以也不值得大惊小怪。

丽子一边这么想，一边试着打开房间内唯一一扇铝门窗。窗外是个半坪大的小阳台，那儿拉起了一条晒衣绳，晾着诸如衬衫啦牛仔裤啦，还有从内衣裤到运动鞋等各式各样的换洗衣物。

不过风祭警部似乎不在意这些衣物，倒是对晒衣绳颇感兴趣，他仔细地观察绳子。

"用来勒毙被害人的细绳啊……"

听了风祭警部的低语，丽子不禁冒出一个令她厌恶的预感。

"警部，您该不会是在想，凶手勒毙了被害人后，还把绳子挂在阳台上，就这样帮她晾起衣服来了吧？"

"不，我从没这么想过。"

不，他现在脑袋里肯定正想着这种事情，丽子心知肚明。

"当作凶器的细绳，大概是被凶手带走了吧。毕竟那东西体积不大。"

"是啊。"风祭警部很快地挥别了晒衣绳，并转身回到木头地板的房间内，"那么，我们也差不多该向第一位发现者询问事发经过了。"

第一位发现死者的女性，马上就被找来了。她是住在同一栋公寓301号的白领女性，名叫杉村惠理。她和被害人同样都是二十五岁，据说两人经常一起喝酒，也就是所谓的酒友。她在晚上七点左右照惯例来约吉本瞳一起喝酒时，发现了异状。

"房间的门没上锁。平常她是个比一般人更小心门户的人，所以绝不可能忘记锁门才对。我以为小瞳人在家里，就在门口试着叫她出来，可是却没有响应。房间里很暗，感觉不出有人在的气息。不过仔细一看，走廊尽头的门是开着的……而且好像有人倒在门后面。当时我吓了一跳，赶紧冲进房里……打开灯一看，果然是小瞳……"

对友人的死感到惊愕不已的杉村惠理，马上用自己的手机打了110报案。虽说把第一发现者视为可能嫌犯是调查的铁律，不过，杉村惠理的语气却感觉不出任何不自然的地方。如果她所说的都是事实，那么被害人遭到杀害后，只过了短短一个小时就被发现了。要是杉村惠理没有来访的话，这起案件恐怕会拖到明天以后才会曝光吧。

风祭警部和宝生丽子询问完杉村惠理后，便暂时离开304号，四处向附近居民打听消息。所幸事件发现得早，他们取得了一些重要的证词。首先是这栋公寓的房东，自己住在一楼的中年男性河原健作，他供称"曾经在被害人生前见过她"。

"那是在我要去拿信箱里的晚报时发生的事情。这栋公寓的信箱统一设置在户外楼梯的一楼，在那里我碰巧遇见了刚回家的吉本小姐。她独自从车站的方向走回来，然后经过我的身旁。是啊，没错，她穿着牛仔布迷你裙配棕色长靴。"

"那是几点发生的事情？"风祭警部一边自豪地炫耀着劳力士表，一边问道。

"那时，五点开始的电视节目刚播完不久，所以大概是傍晚六点左右吧。"

被害人死亡的推测时间正好是傍晚六点左右，风祭警部的声音变得更紧张了。

"那时吉本小姐看起来怎么样？你跟她说话了吗？"

"说了啊,我打了声招呼说'你回来啦',可是她却露出有点犹豫的表情,含糊地回了声'你好',然后就小跑上了楼梯。听你这么一提,现在回想起来,她的样子确实是有些奇怪。平常的她态度和蔼可亲,看到我这个房东,都会好好打招呼的。"

"遇见她之后,你做了什么?"

"当然是马上回自己房间啊。我可没说谎哦——如果你怀疑的话,不妨去公寓对面的水果行,问问那儿的老板好了。我遇见她的时候,水果行的老板刚好走出店门口。"

于是两人立刻前往公寓对面的水果行。水果行老板供称"我确实看到河原先生和一个年轻女性在信箱前擦身而过",并且作证说"河原先生就这样直接回自己家里去了"。不过,水果行老板也不是整天盯着公寓瞧,所以从他口中并没有得到更进一步的情报。

接着刑警们从住在公寓二楼的大学生——森谷康夫那儿问出了重要的线索,他表示"曾经听到疑似凶手的脚步声"。

"如同两位所看到的,我的房间201号就在楼梯旁边。所以上下楼梯的声音听得非常清楚。这楼梯是铁制的,原本就很容易发出声响。而且我听到的脚步声又特别吵,感觉就像是嗒嗒嗒嗒冲下楼梯的声音。没错,不是爬上楼梯,那是冲下楼的脚步声。这点绝不会有错。那个时候我还不以为意,可是三楼不是发生了杀人事件吗?我忽然想起那说不定就是凶手逃走时的脚步声呢。呃,你问那是什么时候的事情?我想,大概是傍晚六点左右吧。"

和作案时间完全一致。

"你还听到其他脚步声了吗？"

"这个嘛，也许听到了也许没听到，我没印象了。我只是刚好记得傍晚六点曾传来急促的脚步声而已。"

到头来，森谷康夫对其他脚步声并没有特别留下什么深刻印象。

两位刑警结束访查后，再度爬上楼梯，前往三楼的现场。

"警部，"丽子在上楼的途中问道，"森谷康夫听到的脚步声，真的可以视为凶手逃走时的脚步声吗？"

"不，现在下定论还太早了，宝生。说不定只是个和事件毫无关联的冒失鬼，碰巧在案发时间急着冲下楼梯而已。"

这样的确是很容易混淆，不过实际上真的有可能发生这种事情。

"可是警部，河原健作的证词很重要，这点毋庸置疑。傍晚六点左右，回家的吉本瞳和河原健作在信箱前擦身而过，直到那一刻为止，她都还活着，之后她才遭到杀害。换句话说，在沿着这个楼梯爬到三楼，经过走廊抵达304号门口，刚进入玄关、还没脱掉长靴之前的这段短暂时间内，她就被人杀害了，然后，凶手把尸体扛进了木头地板房间里。应该是这样解读吧，警部？"

既然被害者是在穿着长靴的状态下死去，这样推理是最理所当然的。可是，风祭警部却用揶揄丽子的口吻说道。

"哼哼，那可不一定喔，宝生，"他轻轻嗤笑几声，感觉就像是在模仿曾饰演过名侦探明智小五郎的天知茂，只见风祭警部皱着眉头，说出他的推理，"假如凶手是在木头地板的房间内杀害了吉本瞳，然后为了扰乱调查，在事后才让尸体穿上长靴——故意让整个犯案过程看起来像是发生在房间外一般——这样如何呢？我认为这很有可能。"

"不，我不觉得是这样，警部，"丽子立刻反驳，"因为要给尸体穿上长靴，可不像嘴巴上说的那么简单。况且被害人穿的长靴又是绑鞋带的款式，那种长靴，光是自己穿上就已经够麻烦了。想替尸体穿上长靴，那实在太费时也太费事了。我怎么也不觉得有哪个杀人犯会这样大费周章地布置现场。"

"当然，我的意见也跟你相同，"风祭警部马上附和道，"给尸体穿长靴这种事，太愚蠢了。如果真的有这么回事的话，尸体一定会呈现不自然的状态，在验尸的时候就会立刻发现疑点了。没错，事后让尸体穿上长靴是不可能的。不可能。我说得没错吧，宝生？"

"是……警部您说得一点也没错。"

不到六十秒之前，有个人一边眉头深锁，一边说什么"我认为这很有可能"。那个人到底是谁啊？风祭警部的态度转换之快，让丽子不禁瞠目结舌。

当两人再度回到304号的现场时，一位刑警仿佛早已等候多时，快步走向风祭警部。

"在被害人的计算机桌抽屉里发现了这个东西。"

那是一张相片与一把钥匙，但钥匙并不是这栋公寓的钥匙。这栋公寓虽然老旧，唯独门锁采用了防盗性极佳的最新产品，眼前的钥匙显然跟门锁钥匙搭不上边。

"嗯？"风祭警部仿佛被挑起了兴趣，将脸凑近相片，"这不是吉本瞳和年轻男性的合照吗？原来如此，被害人有个正在交往中的男友啊。如此说来，这把钥匙就是那个男人的住所钥匙了——哼哼，这下有趣了。"

丽子也听懂了风祭警部没说出口的弦外之音。就像两人方才讨论过的一样，在这次的事件中，凶手是男性的概率很高，而且感情方面的纠葛，本来就很容易成为杀人动机。

"被害人的男友最有嫌疑了，"风祭警部兴高采烈地这么说完，又丢下一句，"总之先给杉村惠理看看吧。"随即拿着相片冲出了房间。

"啊啊，这个人！"看了这张照片之后，杉村惠理露出一副了然于心的表情，马上回答道，"小瞳半年前曾经在某家公司当过派遣职员，这个人就是那家公司的人。我记得名字好像叫作田代……田代裕也。"

2

隔天周日，风祭警部与宝生丽子立刻前往造访田代裕也的公寓，并且和他来到住处附近的咖啡厅面谈。

田代裕也，三十三岁。年纪轻轻便在知名的机械制造商担任总务部课长，是个精英干部。近距离观察他，会发现田代裕也的打扮并没有放假在家时的那种邋遢，容貌也相当端正，想必是相当受女性欢迎的类型。身为派遣职员的吉本瞳会被这个男人的外表与精英头衔所吸引，那也是可以预料的，丽子这么思索着。当然，这种程度的容貌与头衔，对丽子来说丝毫感受不到任何魅力。再说，要是对身份地位这种东西过度敏感的话，又怎么能和"风祭汽车"的少爷做搭档呢。

当三人中的两人正打算点调和式咖啡时，这位风祭警部旁若无人地打断他们,并且擅自点了三杯"蓝山特选",之后便厚脸皮地开始询问起来。

"所以说,你承认曾经和吉本小姐交往啰,田代先生?"

"是啊,没错。我和她在一年前开始交往。她被派遣到敝公司后,我们马上走得很近,不过在半年前分手了。这也没什么,是自然而然分手的。身为派遣职员的她,在鄙公司工作大约半年后,又转调到其他公司。之后,我们就逐渐变得疏远了。"

"原来如此。可是既然如此,为什么吉本小姐要这么小心翼翼保留你的相片呢?不,不光只有相片,吉本小姐甚至还留着这个东西。"

风祭警部在田代的鼻尖前亮出那把钥匙。

"田代先生,这该不会就是你房间的钥匙吧?"

田代瞥了一眼风祭警部出示的钥匙后,很干脆地承认了事实。

"看来是这样的,那又怎么样呢?"

"那我就直话直说了。你和吉本小姐的感情已经到了彼此交换房间钥匙的程度,虽然你声称早就分手了,但实际上两人的关系仍然持续着,不是吗?所以她才会到现在还留着你的钥匙。我有说错吗?"

"不是这样的,"之前一直保持冷静的田代裕也,声音中出现了慌乱,"我和她确实交换过钥匙。不过她之所以到现在还留着我的钥匙,只是因为当初分手时,我错失了拿回来的时机罢了。这种情况不是很常见吗?而且,就算我承认了又如何?假设真的如同刑警先生所言,我和她的关系还是藕断丝连,那又怎么样呢?难道您想说是我杀了她吗?"

虽然丽子觉得他坦白的时机来得太早了,不过也正是因为这样,话题出乎意料地顺利进展。

"别生气,别生气,我们也不是在怀疑你啦,"风祭警部说了几句在这种场面下常用的陈腔滥调之后,便直捣核心问道,"话说回来,田代先生,你昨天傍晚人在哪里呢?"

"这是在调查不在场证明吗?哼,那好吧。不知道该不该说是幸运,昨天傍晚我和公司的钓友约好一起去钓鱼,地点是平冢的湘南海岸。中午我们坐着朋友的车出发,下午三点左右抵达平冢的钓场,然后就一直尽情地钓到晚上。"

"噢,钓鱼钓到晚上啊,"风祭警部突然换成了亲切的语气,"那么昨晚应该很辛苦吧?毕竟平冢下起了大雨呢,钓场那边没下雨吗?"

"哈哈哈,刑警先生,您想套我的话是没用的。的确,昨天天气预报说入夜后整个关东地区都会下雨,但是天气预报完全不准。平冢那儿连一滴雨都没下。国立市这边也没下雨,不是吗,刑警先生?"

"啊啊,这么说来,确实是这样,没错。"

"我就说啦,昨天晚上我们可是舒舒服服地享受着钓鱼的乐趣呢,然后直接在车上过的夜,等我回到国立市时,已经是今天早上了。没错,我当然是一直跟朋友们在一起。话说回来,刑警先生,吉本瞳是什么时候被杀害的呢?"

田代裕也像是在夸耀胜利似的反问道。另一方面,期望彻底落空的风祭警部只能一脸苦涩地啜饮着端上来的咖啡。

在那之后,风祭警部和宝生丽子为了验证田代裕也的证词,又到处寻找他的钓友问话。不过这份努力最后没有回报,只能证明他的不在场证明完美无缺。

两人在天色完全暗下来之后才回到国立署,然后重重地坐在椅子上,沉默了好一会儿,彼此都没有挑起争辩的力气了。过了一会儿,在凝重的空气之中,风祭警部无力地出声说道:

"哎呀哎呀,今天的收获,就只有查出最可疑的田代裕也不是凶手啊。调查回到了原点,明天开始又得重新调查了——唉唉,宝生,"警部一边松开领带,一边对丽子说,"你可以回去了。昨天你也是在署里过夜对吧?操劳过度对皮肤不好,小姑娘。"

"唉。"虽然警部难得的关心很让人高兴,但被他唤作"小姑娘",又把那一点点高兴的心情给打消了。她宁可不要这样的绰号。话虽如此,现在的丽子也没有力气抱怨了。她确实已经筋疲力尽。

"承蒙您的好意,那我今天就先回去了。"

"啊啊,这样吧。我开捷豹送你回去——"

"不必了!"

丽子断然拒绝。正想从椅子上起身的风祭警部,只好泄气地坐了回去,连同椅子一起转向正后方。

宝生丽子独自步出国立署。国立市向来以洋溢着时髦感与清洁感的街道著称,在中央线的沿线都市之中,是个非常亮眼的所在。不过,实际上市公所等公务机关却是设在南武线沿线,因此也常被归类为南武线沿线都市。只是国立市的市民很不喜欢这种称呼,总之就是所谓的形象问题,这已经偏离重点了——

丽子斜眼看了看市公所的建筑物后，便往南武线谷保车站方向前进。武藏野的冰冷空气令人感到秋意渐浓，让疲倦的身体感到非常舒畅，不过，她满脑子都还是想着案件的事情。假使田代裕也是清白的，那么这回的吉本瞳遇害事件就变得相当棘手了。首先是作案动机不明，凶手的行凶手法不明，再加上这次负责指挥调查的又是风祭警部……总觉得有种身陷迷宫难以脱身的感觉——

不，其实不能全怪风祭警部无能。再怎么说，警部还太年轻了，可是，他要是能更谦虚地倾听部下的意见，或是能更谨慎一点，再多些协调性的话那就好了。啊，还有，真希望他不要老是摆出一副炫耀财力的态度，另外，那种形同性骚扰的语气也该节制一点。毕竟，随口叫职业女性"小姑娘"实在太没礼貌了！你当自己是三野文太在主持节目吗？

"哼！"丽子气得踢了路旁的小石子一脚，被弹飞的小石子，不偏不倚命中停在路旁的车子——一台纯黑色的进口轿车，而且还是全长七米左右的豪华礼车——侧面，发出了一声沉闷的金属声。"呜，糟糕！"丽子用双手捂住嘴这么说道。

这时，驾驶座的门打开了，车里走出一位身材高瘦的男性，年纪约三十五岁左右，一身会让人误以为是丧服的黑色西装打扮，看起来既像是家世显赫的人物，又有点像是酒店外头负责拉客的店员。男人锐利的视线穿过银框眼镜，朝丽子的方向瞥了一眼之后，面不改色单膝跪在车身侧面，确认车体的伤痕。

"对不起，"丽子战战兢兢地走近男人，然后低头道歉，"修理费要多少呢?"

"请不要担心,顶多七八十万吧,"男人若无其事站起身来,并朝丽子的方向恭敬地弯腰鞠躬,"这只不过是小擦伤而已,大小姐。"

"是吗?这可真是不幸中的大幸啊,"丽子轻轻地叹了口气,然后望向黑得发亮的高级轿车,"太好了,还好不是别人的车——话说回来,影山,"丽子重新面对穿着黑色西装的男人,"你是特地来接我的吗?"

"正是如此。我想您也差不多该回来了。"

"你的直觉还真灵啊,一定能成为一个好刑警的。"

"哪里哪里,"被叫作影山的男子夸张地摇了摇头,"在下是宝生家的管家兼司机,根本无法和大小姐这样才华洋溢的高贵之人相提并论。什么刑警实在是太抬举我了——"

"你还是一样会说话呢。"丽子调侃似的说。

"没这回事,"影山困窘地扶正眼镜,"总之,请您上车吧,大小姐。"

影山以管家的利落动作,护送丽子坐上轿车。"谢谢。"丽子也像宝生家的千金一样轻轻点头道谢,并且打算用极为优雅的美姿坐进车里,不过,从昨晚到现在,一连串的繁重工作让丽子疲倦到了极点。她一头栽进弹性十足的座椅中,连动也不想动了。"唉,影山啊,我要小睡一下,你就开着这辆车随便晃个一小时吧。"

听到丽子超任性的命令后,影山只是从驾驶座上回了一句"遵命"。

丽子横躺在座椅上,尽情伸了个懒腰。即使如此,L型的座椅还是有很大的空间。不久,丽子一边感受着轿车令人愉悦的晃动,一边陷入了短暂的浅眠。握着方向盘的影山,则是遵照丽子的命令,就这样慢慢地开了一个小时的车,最后返回位于国立市某处的豪华洋房——宝生邸。

没错,国立署的女刑警——宝生丽子绝不是什么"小姑娘",而是货真价实的"千金大小姐"。

3

用过鲜虾扁豆沙拉、海鲜汤、西红柿炖鸡,以及迷迭香烤小羔羊等轻食作为晚餐后,宝生丽子来到可以环视夜景的大厅,轻松地在沙发上坐了下来。

平日身为刑警的丽子,总是把巴宝莉长裤套装当成在庶民百货公司"丸井国分寺分店"买来的平价商品一样,打扮得十分简单朴素,竭力维持着符合刑警的踏实印象。不过,一旦回到了自己家里,她多半会换上强调女人味的连身洋装放松自己。如果风祭警部目击了这身打扮的丽子,他大概也认不出这就是自己每天都会见到的部下吧。风祭警部并不知道丽子是"宝生集团"总裁宝生清太郎的独生女。

"老爷总是十分担心当上刑警的大小姐您啊,"管家一边将年份久远的红酒倒进绽放着宝石般光芒的玻璃杯里,一边说,"好比说,大小姐现在是不是正和凶恶的匪徒在多摩川河边展开枪战呢?现在是不是正拿着装有赎金的皮包,在国立市的闹区里穿梭呢?现在是不是正在府中街道的狭窄道路上,演出飞车追逐战呢?老爷每天嘴巴上都这么念着,担心到几乎无心工作呢。"

"噢,是吗?"要是他被这种脱离现实的妄想所控制的话,别说是工作了，就连日常生活都会成问题吧。或许请医生来看看比较好，真是个让人伤脑筋的父亲啊。

"告诉父亲我没事，请他尽管放心吧。我现在的工作跟枪战、赎金，还有飞车追逐战一点关系也没有，只是普通的杀人事件啦——虽然有点奇怪就是了。"

"您说的有点奇怪是指？"

"就是尸体还穿着鞋子这一点——唉唉，不过若是考虑到尸体被人动过了，那也就没什么不可思议了。可是啊，为什么凶手要大费周章地移动尸体呢？这我就不懂了，而且我也不明白，吉本瞳为什么非得遭到这样的毒手不可——你懂吗，影山？"

"不，光听您的说明，我完全摸不着头绪，"管家一脸抱歉缓缓摇头，然后眼镜底下的双眸一瞬间亮了起来，"不过，假如大小姐愿意拨冗道出事件的来龙去脉，那么在下或许能提供自己的见解也说不定。"

听他这么说，丽子感到非常惊讶。这个名叫影山的年轻管家，只在宝生家工作了一个月，所以丽子还不能算是真正地了解他。不过真要形容的话，这男人感觉上就像是用"严谨耿直"几个字描绘出来的，甚至带给人一种时时谨慎、不让自己的想法和感情流露在外的印象。至少，在犯罪调查这方面，怎么看都不觉得他像是那种会说出"在下或许能提供自己的见解也说不定"的那种人。然而丽子答应了影山的要求——

"好吧，那我就从头到尾说给你听。"

一来，丽子对影山的想法很有兴趣，再者，通过和人讨论，也可以加深对事件的理解，过去自己疏忽的盲点说不定会就此豁然开朗。像影山这种一板一眼、口风又紧的男人，作为讨论案情的对象，实在是再理想也不过了。

"事件发生在昨天傍晚六点左右，警方接获报案的时间是七点。遭到杀害的是一位叫作吉本瞳的女性，二十五岁……"

丽子坐在沙发上一五一十地说起了案件的详细内容，不时啜饮玻璃杯中的红酒。虽然丽子这段故事很冗长，但影山却谨守管家本分，站得直挺挺地认真聆听。好不容易，丽子才谈到田代裕也拥有不在场证明，导致调查又回到原点，叙述才告一段落。

"怎么样，影山？你想到什么了吗？就算是再微不足道的小事也行。"

"是，"影山用指尖推了推眼镜镜框，同时露出了犹豫的表情，"大小姐，真的可以把我想到的事情说出来吗？"

"当然，"丽子以鼓励的语气说道，对管家露出温柔的微笑，"别客气，想说什么尽管说吧。"

"真的可以吗？"影山慎重地再确认一次，"那么在下就诚实说出自己想到的事了。"鞠躬行礼之后，他将脸凑近坐在沙发上的丽子，接着，不加修饰地道出了心中的看法。

"请恕我失礼，大小姐——连这点真相都想不通，您是白痴吗？"

"……"

数秒，抑或是数分钟的沉默。

丽子自己往玻璃杯倒入红酒，然后拿着玻璃杯站起身来，就这样静静地往窗边走去。从矗立在高地上的宝生邸内，可以一眼将如同点点烛光一般的国立市夜景尽收眼底。这片风景无论什么时候看都一样美丽，怎么看也看不腻，让人感到心情舒畅。好，没问题，我很冷静——丽子做了个小小的深呼吸之后，便重新面向影山，慎重地开口说道。

"开除开除！我一定要开除你！开除开除，开除开除开除，开除开除开除开除！"

"好了好了，请您不要那么激动，大小姐。"

"我怎么能不激动啊！"丽子拿着玻璃杯的手不停颤抖，红色液体从玻璃杯的杯缘洒落出来，"我居然被一个管家当成笨蛋耍，这怎么可以！这种事我还是第一次遇到啊！"

"不，我绝对没有把大小姐当成笨蛋耍的意思……"

"是啊，是啊，就是说嘛！"丽子一边夸张地点头，一边开始在管家的周围绕起圈子，"你的确是没有把我当成笨蛋耍，因为你是叫我白痴！不是笨蛋，而是白痴——所以我要开除你！就这么决定！你现在马上滚出这个家。别担心，行李之后会寄给你的。好了，快点滚出去吧！"

丽子笔直地伸手指向大厅的出口，于是影山谨守管家本分，恭敬地行礼，回答了一句"我明白了，在下就此告辞"，然后便静静转身离去。

不过，就在影山即将踏出大厅之时，丽子慌慌张张地朝着他的背后大喊。

"你——你给我等一下！"

"是。"仿佛早已预料到会被叫住一般，影山以流畅的动作重新转身，面对丽子，"您叫我又有什么事情吗，大小姐？"

这家伙真会装蒜！丽子装出一副面无表情的模样，悄悄地咬紧下唇。

"你刚才说我是白痴对吧？照这么说，你可以轻易看出这起事件的真相啰。"

"正是如此，这件事并没有那么困难。"

"你还真有自信啊。"丽子带着非常不快的心情望着管家影山。丽子的立场很微妙，身为大小姐的她，难以容忍管家的僭越态度，但是身为刑警的她，却又不能不听听影山的意见。结果，丽子最后屈服在身为刑警的身份之下。"既然你这么有自信，那我就姑且听听看吧。凶手到底是谁呢？"

"凶手是谁还不能明说，"没想到影山却给了这个意外的答案，"因为现阶段就算在下说出凶手是谁，我想大小姐还是无法理解吧。"

"你说什么！"从某个角度来看，刚才这句话的无礼程度，足以和稍早那一句"您是白痴吗？"相匹敌。"你是说，因为我无法理解，所以还不能说出凶手是谁吗？是啊，我还真是完全无法理解呢，我根本搞不清楚你在想什么——"

接着，丽子挫败地说出了无论就大小姐还是刑警的身份来看，都非常屈辱的台词。

"那就请你解释到让我能听懂吧。"

仿佛就等着丽子说出这句话一般,影山的嘴角浮现微笑,然后重新对着丽子深深地鞠躬行礼。

"遵命,大小姐。"

4

"这次的事件会变得很棘手的原因之一,是住在公寓一楼的房东河原健作的证词。"

丽子回想起河原健作的证词。河原健作在信箱前遇见了从车站方向走回家的吉本瞳。他指称那是傍晚六点发生的事情。

"我不觉得他的证词有什么奇怪的地方啊。"

"那么请问您,为什么吉本瞳在遇见河原健作的时候,并没有查看自己的信箱呢?我认为外出回家的人一般都会这么做。您不觉得很不可思议吗,大小姐?"

"呃,这个嘛——"面对这个出乎意料的问题,丽子找不到合适的答案,"会不会只是忘了啊?"

"或许是这样也说不定。那么,这里又有另一个问题了。为什么她在河原健作打招呼说'你回来啦'的时候,会带着犹豫的表情,含糊地应了一声'你好'呢?那并不是个会让人感到困扰的状况。只要很普通地说声'我回来了'然后上楼,这样不就好了吗?"

"的确是这样没错,这点河原健作也感到很不可思议。影山,你觉得是为什么呢,告诉我你的想法。"

"虽然河原健作证说遇见了回家的吉本瞳,但实际上却并非如此。"

"你说什么！那么河原遇见的又是谁？"

"当然是吉本瞳，"管家不顾丽子急切的心情继续说道，"只不过，那并不是'回家的吉本瞳'，而是'正准备出门的吉本瞳'。"

"你到底在说什么啊？吉本瞳从车站方向走回来，遇见河原健作后，就直接爬上楼梯了。她显然是要回家不是吗？"

"事情未必是这样的，大小姐。所谓走回自己家的行为，未必就是指回家，也有些时候，人们是为了出门而回家。"

"为了出门而回家……"不知道为什么，丽子总觉得这种说法听起来很绕口，"这话是什么意思？"

"好比说，打算去公司上班的上班族，在车站的剪票口发现忘了带交通卡，只好暂时先回家一趟；又好比说，打算去学校上学的小孩子发现忘了带课本，只好暂时先回家一趟；又或者说，打算去买菜的蝶螺太太在街上发现忘了带钱包，只好暂时先回家一趟。在各种各样的情况下，人们常常会为了出门而不得不回家，恐怕吉本瞳也是这样，为了出门不得不暂时回家一趟吧。这样一想，之前的疑问就漂亮地解决了。"

"啊……"原来如此，正准备出门的人，自然就不会去注意信箱里有什么东西了。就算这个正准备出门的人，听到有人对自己说"你回来啦"，也不可能回答"我回来了"，只好用暧昧的态度含混带过。"听你这么一说，的确是这样，没错。"

"真不愧是大小姐，您理解得真快，"影山轻轻地鞠躬表达敬意，"那么大小姐应该也已经明白了吧。住在公寓二楼的大学生，森谷康夫在证词中提到的'感觉就像是嗒嗒嗒嗒冲下楼梯的声音',您应该也看出那是从何而来的了,对吧。"

"这个嘛……那其实不是凶手的脚步声?"

"是的。那根本就不是什么杀人犯逃亡时的脚步声,而只是正要出门的吉本瞳,穿着长靴急忙冲下楼梯的声音罢了。"

"唔!"丽子这才感到震惊,"是啊,这我当然知道。"然后马上说谎敷衍过去。"对,就是这样没错。毕竟,杀人犯不太可能在离开现场时还招摇地发出那么大的脚步声。大学生听到的其实是吉本瞳出门时的脚步声,那就说得通了。这样一来——"

丽子暂时先整理一下截至目前的推理。

"星期六傍晚六点左右,吉本瞳并不是要回家,而是准备出门。她在前往车站的途中,发现有东西忘了带,于是花了几分钟折返公寓。不过,如果真是这样的话,她到底是忘了带什么东西呢?"

"关于这点,我也说不出更具体的了。"

这也不无道理。被害人平常随身携带着什么,那天又忘了什么,就连丽子也没有头绪。被害人的随身物品之中有钱包和手机,所以可以断言是除此之外的东西——正当丽子想着这些小事的时候,管家说出了意外的话语。

"不过,光听大小姐方才的描述,就可以得知吉本瞳显然忘了一样东西。她恐怕就是为此才折返家的。"

"咦,什么?是什么东西?"丽子十分惊慌。刚才说过的话,有哪个部分暗示着吉本瞳忘记的东西吗?这点就连丽子自己也猜不出来。"她忘记的东西,是放在哪里呢?"

"就在阳台。"影山说话的语气,仿佛是自己亲眼看到了一般。

"阳台?的确,阳台上有各式各样的东西——衬衫、牛仔裤、内衣裤、还有运动鞋——她忘了的东西到底是什么呢?"

"是阳台上所有的东西。"这么说完后,影山望向丽子,"大小姐,您还记得星期六晚上的天气预报吗?"

"咦,天气预报?我记得是说星期六晚上整个关东区域都会下雨——虽然预报不准——呃,所以她忘记的东西是——"

"是的。她忘记的东西是阳台上的衣物。正确的说法是,忘了把那些衣物给收进来。当她离开公寓朝车站前进时,看到天色阴暗,回想起天气预报,然后又想到阳台上的那些衣物没有收。所以她调转方向,沿着原路返回公寓。"

"原来如此,这倒是很合情合理,"虽然丽子一度感到佩服,但马上就察觉到最根本的问题,"不过仔细一想,你的推理实在是没什么意义。因为无论被害人是回家时遭到杀害,还是想要把衣物收起来而折返回家时遭到杀害,两者都是一样的吧。"

"但是实际上却并非如此。这个问题牵扯到那双长靴。"

"这话怎么说?"

"请您设身处地想想看。假设大小姐在穿着长靴外出的途中,突然发现忘了把晾在阳台的衣物给收进来,于是您折返回自己家中。进入玄关之后,大小姐会怎么做呢?"

"那还用说,当然是把影山你叫过来,命令你'把晾在外面的衣服收进来'啊。"

"啊——"影山一瞬间无言以对,"啊啊,是啊,如果是大小姐的话,的确是会这么做。"

影山佩服地点了点头,并用指尖抚摸着下巴:"可是,吉本瞳身边并没有像我这样的管家。换作是她的话,您认为她会怎么做呢?"

"还能怎么做,不就是脱了靴子走进房间,然后把阳台上的衣物收进来啊。也只能这样了吧。"

可是影山却缓缓地摇了摇头。

"的确有很多人会这么做。不过另一方面,也有为数不少的人认为这种做法缺乏效率,因而采取了其他做法。就某种层面来说,这是大小姐从来不会选择的做法,所以您想象不到,这也是可以理解的。"

"我想象不到?"事实上丽子还真的想象不到,"到底是什么做法啊?"

"没什么,其实很简单。就是在穿着长靴的状态下趴在地上,用手掌和膝盖撑起身体,小心翼翼不让靴子碰到地上,然后像狗一样用四只脚前进。虽然用这种姿势爬远距离会很辛苦,但如果是单人套房的大小,用这种方式就足以行动了。缺点是爬行的样子不好看,不过若是一个人住的话也没什么好在意的了。更重要的是,用这种方式就不必特地脱鞋。如同大小姐之前说过的,穿脱长靴是非常麻烦的事情,使用这招反而好处多多。我猜,吉本瞳也是想省下脱去长靴的工夫,所以使用了这种方法吧。她匍匐在走廊上,像狗一样爬进了位于走廊尽头的木头地板房间——就在穿着长靴的状态下。"

"呃,也就是说,吉本瞳是自己爬进木头地板房间的啰。不是什么人先杀了她之后再搬进去的。"

"是的,吉本瞳不是遭到杀害之后才被搬进去的,而是自己进入了木地板房间,在那里被某个人突然从身后勒住脖子杀害的。她当时一定吓呆了吧,毕竟那个不可能有人的房间里,突然冒出一个人。可是,由于她处于匍匐爬行的状态,无法立刻反击,所以她连发出惨叫声的机会都没有,就这样轻易地遭到杀害了。如此一来,女性穿着长靴在房内遭到杀害这种特殊的案发现场就形成了。"

"唔,原来是这么回事啊。"听了管家影山的推理后,丽子不禁咋舌赞叹。虽然影山胆敢用白痴这种字眼称呼雇主的千金,让丽子忍不住火大,但她也不得不认同影山的推理。

"不过,你该不会连凶手是谁都已经知道了吧?"

"当然,假设刚才的推理都是正确的,那么我也大概猜出凶手的身份了。您都明白了吗,大小姐?吉本瞳离开房间出门,几分钟之后又折返回来。凶手就是在这几分钟之内入侵了她的房间,也就是304号。到这里为止都没问题吧?"

"嗯,这我懂。"

"然而,公寓的门锁是防盗性极佳的最新款式,不是那种闯空门的小偷能够在几分钟之内轻易破解的东西。"

"是啊,你说得对。我也不觉得凶手曾大费周章去开锁。"

"那么,会是吉本瞳忘了上锁吗?但是听大小姐的描述,这种可能性也很低。吉本瞳是'比一般人更小心门户的人,所以绝不可能会忘记上锁'。那个第一位发现现场的杉村惠理是这么断言的。"

"的确是这样，吉本瞳出门时应该上锁才对。"

"尽管如此，凶手却还是在短短几分钟之内就入侵到她家里面。由此可以导出一个结论，那就是凶手持有304号的备份钥匙。"

"备份钥匙——"听到这个字眼时，丽子的脑海里浮现出一个人物。和吉本瞳关系深到可以互相交换钥匙的男人。

"是田代裕也——他果然就是凶手吗？嗯嗯，不过那是不可能的，影山。因为他拥有完美的不在场证明。"

"是的，田代裕也并不是凶手。"

"那么，该不会是房东河原健作吧？房东应该也有一把备份钥匙才对。"

"可是河原健作在信箱前和吉本瞳擦身而过后，便直接回到自己家里去了。这点已经被对面水果店老板所证实。所以，河原健作不可能抢在吉本瞳之前入侵她的房间，并且对她痛下杀手。"

"那么这又该如何解释呢？凶手是个持有备份钥匙的人。可是持有备份钥匙的两个人，都没有作案的机会。这样一来，不就没有嫌犯了吗？"

"不，大小姐，嫌犯另有其人。除了那两人之外，能够使用备份钥匙的只剩一人，而这位人物正是杀害了吉本瞳的真凶。"

影山一口咬定的语气，让丽子紧张了起来。

"那是谁？是我不知道的人吗？"

"不，大小姐您早就已经知道有这个人存在。准确地说您看到过这个人的鞋子。"

"鞋子?"

"您忘了吗,大小姐?您造访田代裕也的公寓时,曾在玄关看到过一双属于年轻女性的鞋子。"

丽子的脑海里立刻鲜明地浮现出当初造访田代裕也公寓时的情景。在男人鞋子散落一地的玄关内,确实有一双感觉格格不入的漂亮鞋子。

"白色高跟鞋!"丽子不禁大叫起来,"你的意思是,那就是真凶的鞋子吗?"

"正是如此,"影山以从容不迫的语气说道,"正如同大小姐您想象到的,那位穿着白色高跟鞋的女性,恐怕是田代裕也的新女友吧。如果是女朋友的话,就能自由进出他的公寓。这样一来,当田代裕也不在家时,这位女性就能偷偷拿走304号房间的备份钥匙,任意使用了。"

"对啊。星期六晚上田代去钓鱼了,所以家里没有人!穿着白色高跟鞋的女性,就能自由使用他的备份钥匙了!"

"正是如此。接下来的部分加入了我个人的想象,请您做好心理准备听我解释。这位女性凶手——因为不知道姓名,就暂且称呼她白井鞋子好了,您觉得如何?"

"穿着白色高跟鞋的女人,白井鞋子是吧?"

"田代裕也的新女友——白井鞋子,不知道在什么契机之下,发现了他偷藏起来的钥匙。当然,白井鞋子并不知道那是谁家的钥匙。

不过，女性的直觉是很敏锐的，一旦白井鞋子发现这把钥匙，就开始起了疑心。比方说田代裕也是不是瞒着自己同时和其他女性交往呢？而这把钥匙会不会就是那位女性的房门钥匙呢？白井鞋子当然很想查出男朋友的劈腿对象究竟是谁。她可能用尽了各种方法去调查，也可能很早以前就知道了对方的身份，总之，她最后把怀疑指向了吉本瞳这位女性。她该如何调查吉本瞳和田代裕也之间是否还在暗通款曲呢？这里有个好方法。那就是趁着田代裕也不在家的时候，偷偷拿出他拥有的备份钥匙，和吉本瞳房门的钥匙孔比对看看。只要钥匙是吻合的，就能证明两人之间的关系非比寻常。于是，白井鞋子将这种想法付诸实行了。"

"就是在周六那天吧。"

"是的。白井鞋子等到田代裕也出门钓鱼后，便从他的家里拿走备份钥匙，然后前往吉本瞳的公寓。白井鞋子大概是把车子停在路边，坐在车内监视吉本瞳的房间，等待她外出吧。毕竟在家里有人的情况下，不能随便将钥匙插入钥匙孔内。时间流逝，到了傍晚六点的时候，吉本瞳总算离家出门了。白井鞋子立刻拿着备份钥匙前往公寓，她站在304号的门口，将钥匙插进钥匙孔内。门锁果然打开了。白井鞋子就这样成功查出了男朋友劈腿的对象。"

"达成目的。不过，重点是在这之后吧。"

"是的。要是在这时她就罢手的话，大概就不会演变成杀人事件了。不过，白井鞋子深信吉本瞳一时之间不会回来，于是趁着这个机会擅自闯入对方家中。她或许是对男友的劈腿对象住在什么样的地方感兴趣，又或许是想要掌握更多劈腿交往的证据。可是，这时却发生了她预料之外的状况。"

"也就是原本已经出门的吉本瞳，为了把晾在外面的衣物收进来，突然回来了。"

"在非法入侵的时候，意外撞见了屋主，光是这样，就足以让白井鞋子陷入恐慌吧。毕竟在这种情况下，被人怀疑是小偷也无从辩解。再说，对方又是男友的劈腿对象。被情敌亲眼目睹自己的糗态，这实在是莫大的屈辱。不仅如此，甚至还有可能会损及自己的社会地位——当然，前提是她有这样的身份地位。一开始，白井鞋子应该会想尽办法逃离这个窘境吧，可是小小的单人套房里却无处可逃。接着，在下一秒钟，惊慌失措的她看到了一个意想不到的光景，吉本瞳居然穿着长靴爬进了房间。看到吉本瞳毫无防备的模样，心急如焚的白井鞋子转念诉诸暴力，这也并非毫无可能。"

"在被对方发现前、引发起骚动前，先发制人啊。"

"白井鞋子拿起了手边找到的绳子，有可能是放在报纸收纳箱旁边，用来捆绑报纸的塑料绳吧。接着她像是着了魔似的攻击吉本瞳。这原本并不是计划好的犯罪，所以白井鞋子是否怀有杀意我们不得而知。可是，极有可能是忌妒心在推波助澜，使白井鞋子用力过猛了，她最后还是勒死了吉本瞳——我推测，事情大致就是如此。"

语毕，影山一脸平静地看着丽子："您觉得如何呢，大小姐？"

"呃——这，这个嘛，你的推理很不错嘛。的确，凶手应该就是那个穿着白色高跟鞋的女人。"

老实说，岂止是不错，丽子认为影山的推理趋近于完美。无论是凶手的行动，还是被害人的行动，肯定都跟影山所描述的一样。不过，这么轻易就承认他很厉害，让人觉得颇不是滋味，于是丽子又追问了两三个问题。

"杀人现场并没有发现可疑的指纹，难不成凶手戴了手套吗？"

"擅自开启他人房间的门锁，这种行为本身就已经构成犯罪了。所以，凶手将钥匙插入304号的钥匙孔前，应该已经谨慎地戴上手套了吧，所以在杀人的时候也不会留下指纹。"

"吉本瞳折回房间时，玄关里应该有凶手的鞋子才对。为什么吉本瞳没发现呢？"

"根据大小姐的描述，吉本瞳的房间似乎没有好好整理的样子。想必玄关也很凌乱，所以她才没有发现那里有其他人的鞋子。"

面对丽子的质问，影山一一准备了令人满意的回答。

"原来如此，我终于明白了，"丽子满意地点了点头，"那么，我再问最后一个问题。"说到这里，丽子将她心中一直怀抱着的疑问，拿来作为今晚对话的总结："看你的推理能力那么强，你到底是何方神圣？何必来当什么管家呢？"

这时，管家影山轻轻地推了推银框眼镜，用非常真挚的表情这么回答道："其实我原本是想当职业棒球选手或是职业侦探的。"

这算是什么回答方式？今晚的丽子，只对这个答案感到不满。

第二部 来杯杀人红酒如何?

1

宝生丽子睁开双眼时,床边的时钟指针正要指向早上七点——自己竟然比平常提前三十分钟起床,让她十分感动。更重要的是,不借助闹钟的力量就能自己醒来,对她而言确实是个奇迹。换作是平常的话,丽子就算闹钟响了也爬不起来,就算硬被吵醒了,也会再躺回去睡。一直要等到快要迟到的时候,睡回笼觉的丽子才会被影山的敲门声惊醒,这是最近每天早上都会上演的模式。顺带一提,这个姓影山的管家,是宝生家为数众多的用人之一。虽然年纪轻轻,不过三十几岁,却已经肩负起管家兼司机这么讲究资历的职务了。此外,他还兼具会走路的闹钟之功能,是个相当方便差遣的男人。这样的人物,除了宝生家,全国恐怕找不到几个吧。

"难得那么早起,得好好向影山炫耀一番才行。"

丽子怀抱着小小的野心,在睡衣外头披了一件质地轻薄的长外套后,便走出了寝室。

季节已到春天。四月的早晨依旧寒冷，走廊上的空气冷飕飕，冻得刚起床的脑袋立刻清醒过来。这时，正好看到影山出现在走廊上。他一大清早就穿着一身全黑的西装，如果配上黑色的墨镜，那样子活脱脱就像是个"道上弟兄"。幸好影山习惯戴的是一副款式略显落伍的银框眼镜，勉强让他保有一丝知性的形象。这位管家看到丽子后，马上弯下修长的身躯行礼，照惯例问候早安。

"早安，大小姐。您昨晚睡得好吗？"

"很好啊，睡得比平常都还要好呢。"

"那真是太好了，"管家面无表情地点点头，然后轻轻推了推眼镜边框，同时提出了一个奇怪的问题，"话说回来，大小姐，您昨晚有没有遇到什么不便呢？"

"这倒是没有——发生了什么事吗？"

"昨晚刮起了春季的暴风雨。受到落雷影响，深夜里似乎曾停电一小时四十二分钟左右。"

"咦，我都没发现呢。"可是，为什么影山会那么精准地知道深夜里停电了多久呢？"你为什么连停电几分钟都知道呢？"

"是因为我的床边有一台需要插电才能使用的指针式时钟——"

"我的床头也有一样的时钟啊。"

"今天早上在下起床时，发现那个时钟慢了一小时四十二分钟。"

"原来是这样啊。意思是说，时钟停止运转了多久，就表示停电有多久啰。"丽子频频点头表示钦佩，接着就陷入一阵漫长的沉默。突然间，丽子冷不防地用双手掐紧影山的领带，把他的身体用力抵在墙上。

"回答我,影山,现在是上午七点对吧!"

"不,现在并不是七点,"影山哀伤地垂下了眼帘,"恐怕已经过了八点四十五分了。"

"八、八点四十五分!"如果是在漫画里,高中女生遇到这种情况的话,现在必定会口中咬着吐司,在往学校的路上拔腿狂奔吧。不知这是幸运抑或不幸,丽子已经不再是高中女生,而是个堂堂正正的社会人士了。这样的她,在上班日的上午八点四十五分竟然还穿着睡衣待在自己家里。惨了,现在已经没有时间犹豫了。被逼急了的丽子彻底活用毕生的智慧与富贵人家的特权,对眼前的管家下达紧急命令。

"影山,火速把车子开到玄关!"

"宝生集团"涉足的商业层面极广,从金融交易、电子产品、医疗用品,甚至推理小说出版都有参与,可说是名震天下。而宝生丽子正是集团总裁宝生清太郎的独生女。她在备受呵护之下长大成人,并以优秀的成绩从一流大学毕业,简而言之,天生就是个自由自在、货真价实的千金大小姐。不过这位大小姐却想当个时代新女性。她不愿遵照父亲的嘱咐,当个足不出户的大小姐,勤奋研习妇道,等着出嫁。反过来说,她更不喜欢在自家的企业集团里挂名,当个有名无实的主管。于是,个性倔强的她,选择成为苦干实干的公务员——也就是去当警察。

宝生丽子是隶属于东京多摩地区国立署的年轻女刑警。

不过，警署里只有少部分高层官员知道她是宝生清太郎的女儿。其他同僚向来都以为她只是个年轻漂亮，却又极为平凡的女刑警（没办法，这是事实）。因此，就算睡过头迟到了，她也不能获得特别礼遇。

"快点，影山！在道路交通法容许的限度内尽量飙！"

对驾驶座上的影山下达了这种无理的命令后，丽子就活用豪华礼车内宽敞的空间，迅速将刚起床时穿的睡衣换成工作用的衣服——一套既时髦又优雅、纤细又富有机能性、最适合女强人穿的长裤套装。这其实是在巴宝莉银座店要价数十万的限量产品，不过丽子在同僚面前，一概宣称这是在丸井百货的国分寺分店以三万日元买来的特卖品，而那些对名牌毫无嗅觉的男同事也全都深信不疑。

换完衣服后，接着是整理头发。头发是女人的生命，就刑警身份来说，丽子的头发太长了一点。所以她在执勤时，总是随便将头发绑在后脑勺。这是为了避免飘散着芳香的清爽发丝撩拨起臭男人们的邪念，才做的明智考虑。

倘若不把手腕上那一只雷达的 Integral Jubile（简单地说就是高级手表）算进去的话，丽子在执勤时是不会佩戴任何首饰的。不过从今天起，丽子想为自己添加一点变化。她从手边的盒子里拿出那个东西，把它举在眼前端详。

那是一副阿玛尼的眼镜——可是镜片没有度数，也就是所谓装饰用的眼镜。镜框是锐利的黑色，有棱有角的边框带出成熟女性的时髦气质，至少店员是这样怂恿丽子买下的，不过实际上真能展现出这样的气质吗？丽子战战兢兢地戴上之后，便透过后照镜窥视驾驶座的

042

反应。

"怎么样，影山？"

透过后照镜，她看到管家露出了些许惊慌的表情，轿车一瞬间左右摇摆了起来。

"您怎么了，大小姐？我记得视力是您唯一的长处啊。"

"这是装饰用的眼镜啦。我想在执勤中试着转换一下心情。毕竟，刑警看起来带有一点知性会比较好嘛……"

丽子之所以突然想戴眼镜是有原因的。老实说，最近有个不识趣的男人，当面叫她白痴。不过话说回来，这男人尽管口无遮拦，但是推理能力非常强。光是听过口头描述，就能轻松破解丽子负责侦办的难解案件。在那男人得意洋洋的鼻梁上，炫耀似的戴着一副银框眼镜。从那天之后，她就不由得把眼镜和知性联想在一起了，姑且不提这个——"你刚才是不是说'视力是我唯一的长处'啊？"

"不，在下没有说过。是您听错了吧？"在后照镜中，影山若无其事地推了推银框眼镜，"总之，那真的非常适合您。实在是太美了。"

"你的感想太平凡了，我根本高兴不起来。还有其他感想吗？"

"您的角色跟我重叠了……"

"那根本不是重点吧！"戴眼镜又不是影山专属的权利，"唉——唉，还是不要戴眼镜好了，好像不怎么适合我的样子。"

"就算是凶恶的罪犯，也会在大小姐面前跪下，真心开始忏悔吧。"

"你是在称赞我很有魅力吗？这种说法也未免太兜圈子了吧。"

"真是非常抱歉。凭我平凡的词汇，实在难以表达大小姐的非凡魅力。还请您原谅。"

"呵！"刚才那句话让丽子感到很开心。尤其是非凡的魅力这一段。"好吧，我就原谅你。"

驾驶座上的影山无奈地轻轻叹了口气。就在这个时候，丽子的手机响起铃声。一接起电话，听筒那头立刻传来"嗨！早安啊，小姑娘"。

光从这句话就能猜出对方是谁了。风祭警部——国立署的年轻刑警，同时也是丽子的上司。"你现在在哪里？做什么啊？"

丽子当然不可能坦白跟他说自己才刚在车里换好了衣服。正当她犹豫着不知道该怎么回答的时候，风祭警部自顾自地又开口说道："算了，这不重要。宝生，位于国立市东二丁目旭通的若林动物医院发生案件了。院长被发现死在自己的房间内。知道若林动物医院吧？你就直接前往现场吧，我也会马上赶到。"

"咦？"要我搭这辆车直接到现场吗？"啊，是，我明白了。"

通话结束的同时，丽子立刻命令驾驶座上的影山"火速开往若林动物医院"。一想到自己将搭乘着豪华礼车抵达那挤满了围观群众和警车的现场，丽子不禁打了个寒战。"还是在医院前一百米处放我下车好了，我自己走过去。"

"遵命。"影山猛力转动方向盘，改变礼车的行进方向。

国立车站前面的圆环有三条路呈放射状延伸出去，已经成为当地地标，不过，其实真正有名的是贯穿中央的大学路。其他两条老是被人称作"出了车站之后往右（左）走的路"。而旭通就是出了车站后往左方延伸的道路（顺带一提，往右边方向的道路叫作富士见路)。

行驶在这条路上,在靠近便利商店的地方,看到了若林动物医院的招牌。不出所料,医院前挤满了看热闹的群众与警车。丽子下意识地寻找着亮银色的捷豹——那是风祭警部的爱车,也是经常突兀地出现在国立市杀人案现场的名车。风祭警部从不开国产车,理由是"太穷酸了"。这样的一位警部,身份却是制造贩卖他所谓穷酸国产车的"风祭汽车"的小开,这也未免太矛盾了吧,不过私事暂且不提——丽子放眼望去,到处都找不到那辆捷豹的身影。

"奇怪了,警部还没到吗?"当丽子歪着头,准备穿越禁止进入的封锁线时,"哎呀?"

她的视野突然捕捉到一个反射着朝阳,像镜子一样闪闪发光的谜样物体。那东西一边发出轰隆声,一边朝这个方向接近。不用多说,那东西就是警部驾驶的亮银色捷豹。就在丽子以为自己就要被急速冲来的捷豹给碾过时,捷豹一边发出刺耳的刹车声,一边紧急甩尾停在她的面前。驾驶座的车门打开,嘴巴衔着吐司的风祭警部从里头现身了。"嗨,宝生,早啊。"他举起单手打了个招呼。

"呃……"你是漫画里的高中女生吗? 丽子拼命忍住这股想要吐槽的冲动,谨守着部属的立场,慎重地挑选用词。"呃,请问——您是怎么了,警部?"

"说来话长啊,"警部把剩下的吐司塞进嘴里之后说道,"其实我的床边有个外接电源型的指针式时钟——"

"噢,原来如此。您不必再说下去了,"三秒之内,丽子就对警部的回答失去兴趣,并冷淡地转过身说,"那我们赶快去现场吧。"

"喂,哪有人自己先问'您怎么了',却又回话说'您不必再说下去了'啊?这未免太失礼了吧!既然如此,我也有话想要反问你。那副眼镜是怎么回事?是谁想要赶上新潮流吗?哎呀,我也不是说讨厌眼镜美女啦,喂,宝生——"

真是烦死人了,这才不是要追赶什么新潮流呢!

丽子无视那紧追着自己不放的上司,踩着怒气冲冲的脚步,穿过禁止进入的封锁线。

2

事件发生的地点位于紧邻医院的若林家二楼一间房间内。一位上了年纪的男性,在他自己房间的窗边从椅子上滑落到地面,就这样死了。其中一位警察走向警部,向他说明状况。

"死者叫若林辰夫,六十二岁。第一位发现者是家里的帮佣,由于身为主人的若林辰夫迟迟没有起床,帮佣觉得不对劲,于是前往寝室查看。听用人说,当时若林辰夫就维持着这样的姿势。"

宝生丽子睁大了隐藏在装饰眼镜下的双眸,迅速观察起现场的情况。

若林辰夫身穿轻薄的家居长外套,应该是很放松才对。不过他的表情却丑陋地扭曲着,忠实呈现出临死之际的痛苦。外表并没有任何外伤,也没有出血。

在他右手十厘米外的地方,横放着一个郁金香造型的高脚杯。酒杯是空的，以酒杯为中心，地毯上延展着一大片红色污渍。被认为是若林辰夫原本坐着的椅子前方有张小桌子，那里有一瓶已经拔掉瓶栓的红酒放在托盘上，酒瓶中还剩下八分满的红酒。除了酒瓶以外，托盘上还有软木塞和T字形的开瓶器，以及揉成一团的瓶口封条。

"你看，宝生，"风祭警部大声嚷着，"若林辰夫在睡前喝了红酒。"

"是啊。"风祭警部最擅长的，就是把任谁看了都知道的事情，说得好像自己最先发现的一样。如果受不了他这种恶习的话，就无法在风祭警部的麾下做事了。"哎呀，这是什么？"

丽子手指着托盘上唯一一个格格不入的东西，那是医院诊疗室里常见的棕色小玻璃瓶。上头并没有贴标签，瓶子是空的，但是有一些微小的颗粒附着在瓶子内侧。这该不会是毒药吧？就在丽子这么想的瞬间——

"你不明白吗，宝生？"风祭警部加上显而易见的解说，"这恐怕是毒药吧。从这状况分析，铁定错不了的。"

就算警部不说，只要看过现场的情况，谁都能轻易地想象出若林辰夫很可能是服用毒药致死的。随即进行的验尸结果与鉴识报告都证实了这点。

首先根据验尸结果，死因确定是氰化物的药物中毒。尸体身上没有明显的外伤，四周也看不出曾和谁争执过的痕迹。死亡时间推测约为凌晨一点左右。

再来根据鉴识分析结果，虽然酒瓶内没有验出毒物，不过那些渗入地毯的液体，却验出了氰酸钾。而且附着在棕色小瓶内的细小颗粒，也证实同样是氰酸钾。酒瓶、玻璃杯以及棕色小瓶上发现了好几枚若林辰夫本人的指纹，却验不出其他人的指纹。

此外，警方还接获数则情报，指称今天早上在现场附近的路上，目击到平常未曾见过的可疑豪华礼车，不过那跟这次事件保证一点关系也没有，这点丽子自己心知肚明……

"原来如此，原来如此，"风祭警部开心地点头说道，随即转头面向丽子，"你觉得呢，宝生？"

打从第一眼看到现场的瞬间，丽子就觉得，与其说这是一起凶残的杀人事件，反倒更像是迈入老年的男性常见的自杀事件。正当丽子打算说出自己的看法时——

"就我所看到的，若林辰夫应该是自杀。"风祭警部抢着开口说道。打从一开始，他就无意听取他人的意见吧（而且他的意见还跟丽子一模一样）。"我想，若林辰夫是将小瓶内的氰酸钾掺入倒了红酒的玻璃杯中，然后一口气喝下红酒，服毒自尽了。那氰酸钾一定是从医院的药品架上拿来的。偷偷拿些药品带回家这点小事，对身为院长的他，应该毫无困难才是。"

"是啊，"由于丽子的想法也大致相同，因此她也没打算反驳，"的确，警部说得一点也没错。如果能找到遗书的话，那就更能够确定了。"

"唔，好像没发现遗书的样子。不过，没留下遗书就自杀，这种情况也不算罕见。总之，我们去找死者家属询问看看吧。"

感觉上，风祭警部心里已经有八成认定若林辰夫的死是自杀了。但是丽子不禁想着，说不定状况刚好相反，这其实并不是自杀。

没多久,若林家的人都被叫到大厅来。当风祭警部和宝生丽子走到大厅正中央时,一位长相和若林辰夫神似的中年男性突然开口询问。

"刑警先生,哥哥该不会是自杀吧?"

这个人名叫若林辉夫,是比死去的辰夫小一岁的弟弟,因此也早就已经过了花甲之年。他的职业是兽医,和身为院长的哥哥辰夫一起经营着这家若林动物医院。由于抱持着单身主义,他在若林家附近租了公寓,过着一个人独居的生活。说巧不巧,唯独昨晚他在哥哥家过夜,结果刚好碰上了今天早上的骚动。

辉夫深深地陷进单人沙发里,用右手把玩着福尔摩斯爱用的同款古典烟斗。看来他似乎正拼命忍住想吸烟的冲动。

"不,现在还不能断定是自杀。"

风祭警部暂时把自己的想法摆在一旁,谨慎回避了辉夫的提问。

"如果不是自杀的话,难不成,刑警先生的意思是有人杀了他吗?"

坐在双人沙发上加入话题的是辰夫的长男,若林圭一。圭一今年三十六岁,和妻子育有一子,职业也是医生——不过并非动物医生,而是帮人治病的医生。专长是内科,任职于市中心的综合医院。

"我并没有说这是杀人事件,只是现在还不能排除这个可能性而已。"

"哎呀,刑警先生,您说的话未免太恐怖了吧。这个家可没有人对公公怀恨在心啊。"

圭一的妻子春绘,像是在为邻座的丈夫提供支持火力似的尖声叫道。春绘比圭一大一岁,今年三十七。她在圭一任职的医院从事看护工作，据说两人就是因此相识结婚的。

"哎呀，太太，我又没有说是这个家里的人杀害了辰夫先生。难道说，你发现了什么蹊跷吗？"

风祭警部挑衅似的环顾这个家族，结果，独自在房间一角倚墙而站的青年也发出了他的不满。

"刑警先生，父亲是自杀身亡的。在场所有人都知道这是事实。喂，我说得没错吧？"

听到青年这么一喊，圭一和春绘夫妻俩为难地互相使了个眼色。辉夫则是瞬间皱起眉头，大声责备那青年说："给我住口，修二。"

这名叫修二的青年，是死者若林辰夫的次男，今年二十四岁。也就是比圭一小一轮的弟弟。现在他还是医学院的学生，平常都从家里上学。

仿佛察觉到了飘散在一家人之间的尴尬气氛，风祭警部继续追问下去。

"看来，各位似乎早就已经预料到辰夫先生会自我了结了呢。莫非昨晚各位和辰夫先生之间，发生了什么事情吗？"

听了警部的提问后，最年长的辉夫代表一家人开口回答。

"刑警先生，老实说我们家昨晚才刚召开一场家族会议。哥哥和我，圭一和春绘，还有修二全都参与了会议。"

"噢，你们谈了些什么呢？"

"这种事情不方便对外人说啊。"辉夫搔了搔掺杂些许斑白的头发之后，像是要掩饰羞愧般把烟斗叼在嘴上，然后从衬衫胸前的口袋里取出火柴盒，用流畅的动作为烟斗点火。过了几秒钟后，他露出一副"糟了"的表情。"现在不方便抽烟是吧？"

"不，没关系，"风祭警部带着若无其事的表情看了辉夫一眼，"真是稀奇啊，没想到现在居然还有人抽烟斗呢——不过，我有时候也会抽一点雪茄就是了。"他居然莫名其妙吹嘘起来了。

丽子偷偷拿出警察手册在面前扇了两下，她最受不了香烟的味道了。

"别看我这样子，我可是个福尔摩斯迷呢。过了花甲之年后，我才决定改抽烟斗的。这东西很不错呢，最近我已经完全离不开它了。对了，刚才讲到哪里了？"

"讲到雪茄的事情。"

"不对，警部。是讲到召开家族会议的事情。"

"噢噢，对了，"辉夫先把烟斗从嘴上拿下来，"刑警先生，如果听到我哥哥有意再婚的话，您会怎么想呢？"他反过头来提出了这个问题。

"辰夫先生要再婚？可是他已经六十二岁了啊。"

"是啊，不过自从大嫂十年前病逝之后，他一直保持单身，所以基本上他要跟谁结婚都不成问题。"

"那么，辰夫先生有对象吗？"

"有的，我们也是到了最近才知道的。哥哥想和帮佣藤代雅美再婚。昨晚家族会议上，就是在讨论这件事情。"

"噢，和帮佣再婚啊——那么各位都赞成他们结婚吗？"

"怎么可能赞成啊,"长男圭一不耐烦地这么喊道,"父亲是被那个帮佣给骗了。请您想想看,年过六十的父亲和年仅三十多岁的藤代雅美之间,有可能产生正常的恋爱情感吗?父亲只不过是被年轻的藤代雅美给迷惑罢了。她就是这样玩弄父亲的感情,想要踏进咱们若林家里。"

"简单来说,她的目标是财产啰?"

"当然,除此之外别无可能。所以我们昨晚也很严厉地告诫父亲'清醒一点吧''父亲您被骗了'。"

这么说完后,圭一便从衬衫的口袋里掏出被压扁的香烟纸盒,拿起一根香烟衔在嘴上,并且用绿色的十元打火机试图点火。可是十元打火机的打火石却只是发出干涩的摩擦声,完全点不起来。

"哎呀,好像没有瓦斯了呢。"坐在一旁的春绘面无表情地低喃着。

"啧!"圭一没好气地把十元打火机塞回口袋里,然后拿起香烟指着伫立在墙边的修二,"喂,你带之宝打火机了吧?借一下。"

"真是的,既然哥都赚了那么多钱,好歹也买个像样点的玩意儿,不要老是用十元打火机嘛。"

修二一边这么说,一边取出之宝的煤油打火机。那个之宝是外壳上刻着洋基队标志的限量品。修二帮圭一的香烟点上火之后,顺便也为自己的香烟点了火。

丽子默默地逐一打开大厅的窗户。看来若林家是个吸烟率很高的家族。

"那么,看到各位反对他和藤代女士结婚,辰夫先生又做何反应呢？"

"哥哥显得非常失望。"辉夫让烟斗升起了烟雾，就这样闭上眼睛。

"他拖着沉重的脚步回房去了。老实说，我们也感到很心痛。藤代小姐或许真是冲着财产来的也说不定，但至少哥哥是打从心底喜欢她啊。"

"不过这也是没办法的事情啊。毕竟我们是为了父亲好，才会提出了那些建言。"

圭一这么说完后，邻座的春绘便不住地点头。

"对啊对啊。无论结果如何，我们这么做，完全是出于好意。"

"可是，没想到事情会变成这样，"吐出一口烟后，修二呢喃说道，"父亲居然做出这种傻事。"

看来整个家族似乎一致认定若林辰夫是自杀身亡。谁也没有提出反驳的意思。而且，虽然大家都表现出一脸沉痛的样子，但实际上，显然没有一个人打从心里为死者哀悼。

"话说回来，刑警先生，"辉夫最后又乘胜追击似的作证说，"您也看到了现场桌上的那瓶红酒吧。那是摆在房间的柜子上、当作装饰品的红酒。虽然牌子不是很有名，但因为哥哥很喜欢酒瓶的形状与商标的设计，所以一直留着没有喝，就这样把它当成是艺术品展示在柜子上。哥哥经常说'我打算在什么特别的日子开来喝'，在场的所有人都知道这件事情。所以，今天早上在哥哥死亡的现场看到那瓶红酒的瞬间，大家都确信哥哥是自杀。自我了结的日子——没有什么是比这更'特别的日子'了。"

见到家人们的回答告一段落,风祭警部便整理好到目前为止所得到的信息。

"简而言之,各位是这么想的吧。昨晚针对辰夫先生的结婚问题,各位坚决表达了反对之意。辰夫在极为沮丧的状态下回到房间。然后过于悲观的辰夫先生,自己在珍藏的红酒内投入毒药,然后一饮而尽。换句话说,这是自杀。"

在场所有人全都默默地点头。的确,这或许真的只是一起自杀事件。就在丽子本人也这么想的那一瞬间——

"不,不是这样的!"一位身穿围裙的瘦小女性气势汹汹地开门闯了进来,那是帮佣藤代雅美。她带着豁出去的表情走到风祭警部身边,开口就说:"老爷绝不可能是自杀!"

面对毫无预兆、突然闯进来的帮佣,率先破口大骂的是长男的妻子——春绘。

"哎呀,你在说什么啊!就算再怎么爱管闲事,也该适可而止吧!不过是个帮佣,你又对公公了解多少!公公是自杀的呀,而且还是因为你的缘故!"

春绘激烈地吐出了戏剧性的言词。众人紧张地在一旁观望。原本只是推理剧其中一幕的大厅,如今正逐渐演变成长男的妻子与帮佣情绪冲突的舞台,上演起爱恨纠葛的戏码。在大厅里,藤代雅美毫不退让,用带着坚定意志的眼眸瞪着春绘,接着又说出这段爆炸性的宣言。

"不,不对。老爷是被某个人杀死的!"

"什么!"男性们忍不住大声喧嚷起来。

"住口!你知道自己在说些什么吗!噢噢,我知道了。以夺取财产为目的的你结不成婚,所以自暴自弃了是吧。然后为了报复,才企图诬赖我们杀人吧。怎么会有心肠这么恶毒的女人啊!你这个企图掠夺若林家财产的贼猫!不知打哪儿来骑驴找马的野狗,真不要脸!"春绘使用各式各样的动物来辱骂帮佣。既然猫、狗、驴、马都搬出来了,那么最后一定是那个吧?在众人高涨的期待之中,春绘横眉怒目地以最高等级的字眼咒骂藤代雅美——

"你以为自己是靠谁才能活到现在的?这只忘恩负义的母猪!"

春绘这句"忘恩负义的母猪"一说出口,在场的男性们立刻发出了一阵叫嚷声。

风祭警部看了戴在左腕上的劳力士表一眼之后,一边说着"哎呀,已经这么晚啦",一边把手表亮在丽子面前。手表的指针指向一点五十八分。风祭警部大概是在暗示这场午间剧场应该就此结束了吧。原本还想再看一下的,真是可惜。

丽子无奈地遵照警部的暗示,一面出面打圆场说:"好了好了,你们两位都冷静一点。"一面把怒目相视的两人分开。自己分配到的竟然是午间剧场里无足轻重的配角,丽子对此感到不满。

等到骚动告一段落之后,风祭警部才重新询问帮佣。

"话说回来,藤代女士,你刚才说辰夫先生是被人杀害的,为什么你会这么想呢?你有什么根据吗?"

"有的,请您看看这个。"藤代雅美取出自己的手机,并且打开显示画面给风祭警部看。"今天从一大早开始就乱成一团,所以我迟迟没空确认手机。不过刚才打开一看,我发现昨晚老爷传了这样的短信到我的手机里。"

丽子越过警部的肩膀,望向手机的屏幕画面。发信人为若林辰夫,传送时间是凌晨零点五十分。死亡时间推测为凌晨一点左右,因此,这正是若林辰夫死亡前不久发送的短信。上面只有短短一句话,风祭警部大声地把内容念了出来。

"'谢谢你的礼物。我就高兴地收下了。详情明天再谈。'——明天?"

原来如此。这的确不像是打算自杀的人会写的内容。丽子兴奋地对警部说:"最后那句'详情明天再谈',指的应该是'家族会议的详情明天再谈'吧。也就是说,若林辰夫在这之后并没有打算寻死。"

"看起来的确是这样没错。那么,这个'礼物'又是什么呢?"风祭警部把眼光移开手机屏幕,抬起头来望着藤代雅美,"你昨晚送了什么东西给辰夫先生吗?"

"不,我什么也没做。我想,恐怕是有谁冒用我的名义,送了什么东西给老爷吧。所以老爷才会发给我这条答谢的短信。"

"原来如此。那到底是……"

"啊!"在陷入沉思的风祭警部身旁,丽子下意识地大叫起来,并且啪地弹响了指头。

"是红酒啊,警部!某个人送了红酒给辰夫先生。辰夫先生以为那瓶红酒是藤代女士送的,于是开心地打开来喝,然后就这样死掉了。"

"噢,原来是掺了毒药的红酒啊!也就是说,若林辰夫的死不是自杀,而是他杀啰。"

丽子一边用食指推了推装饰用眼镜的鼻架,一边环顾着大厅里的众人。被害人的弟弟,辉夫;长男圭一及其妻子春绘;还有次男修二。就是这四个人之中,有人假冒藤代雅美的名义,送了掺有毒药的红酒给若林辰夫。

3

"等一下,刑警先生。"仿佛急着要摆脱嫌疑一般,修二语带紧张地说,"您说假冒帮佣的名义送红酒给父亲,这到底该怎么做呢?难不成要变装吗?"

面对这个问题,风祭警部以极为罕见的冷静和兼具理论性(就他而言)的态度回答:"不,红酒并不是亲手交给辰夫先生的。正因为如此,辰夫先生才会事后发送短信答谢。恐怕红酒是趁着辰夫先生去洗澡、不在房间时偷偷送进去的。只要在托盘上摆着红酒酒瓶、高脚杯以及模仿藤代女士的笔迹写下的字条,辰夫先生就会误以为那是帮佣送来的东西。凶手悄悄将这些东西送到辰夫先生房内,把它们摆在桌上然后就离开了。之后只要等待辰夫先生回到房间喝下红酒就行了。"

"不过这样一来,父亲死了之后,托盘上就会留下掺了毒药的红酒,还有伪造笔迹的字条。"

"我想,凶手在杀害辰夫先生后,又趁夜里重新回到现场,收回了掺有毒药的酒瓶与字条吧。接着呢,对了,装饰在柜子上的那瓶红酒，凶手把它打开，自己喝掉大约一杯的分量，再把酒瓶放到托盘上。这样一来就没问题了。"

"不，这样大有问题，"提出新疑点的是叼着烟斗的辉夫，"刑警先生，您从刚才开始就一直提到掺有毒药的红酒什么的，不过，市面上哪里有卖这种东西的，所以，如果凶手要送掺有毒药的红酒到哥哥房间的话，势必得自己动手在酒瓶内下毒才行。可是要下毒就得拔掉瓶栓。而要拔掉瓶栓，就得撕开包覆在瓶栓外围的封条。难道凶手会若无其事地把已经开瓶的红酒送进房里吗？而且哥哥还很高兴地把它喝下去，丝毫不觉得有什么异样吗？不，这是不可能的事情。如果是我的话，在看到封条被撕掉的那一刻，就会怀疑这瓶红酒是不是被人动过手脚。难道不是这样吗，刑警先生？"

"啊啊，原来如此。的确，要在酒瓶上动手脚是很困难的事情。这样的话，对了！凶手是用了醒酒器吧。凶手将掺有毒药的红酒倒进醒酒瓶里，把醒酒瓶送到房里。这样做就简单多了，而且也不会有任何不自然的地方。"

可是风祭警部这灵机一动的推理，却被春绘的证词轻易地推翻了。

"我们家的厨房里没有醒酒器这种东西。如果装在醒酒器里送过去的话，公公才会觉得不对劲呢。"

"既然醒酒器不行的话，那么酒杯如何呢？毒药其实不是加在酒瓶里，更不是醒酒瓶里，而是涂抹在酒杯内侧。这样就行得通了吧！"

"不，一点也行不通，"这回换圭一打破了风祭警部的假设，"父亲是个有洁癖的人，所以不光是酒杯，要是没有把所有的餐具擦得亮晶晶的话，他是不肯善罢甘休的。如果凶手把毒药涂抹在酒杯上的话，玻璃就会变脏的。有洁癖的父亲一定会注意到这点。"

"……"由于每个提出的推理都遭到反驳，风祭警部怄气似的沉默下来。看来"用掺了毒药的红酒杀人"这件事情，似乎没有说的那么轻松。

"果然还是自杀吧，"修二又重新提出自杀的说法，"父亲下定决心自杀。可是却又觉得这样死去太无聊了，于是装得好像无意寻死的样子留了一条短信给帮佣。这样一来，自己的死就会被视为杀人事件，而警察也会怀疑到我们家人头上。这就是父亲的目的。也就是说，这是自杀的父亲对我们施加的小报复，不是吗？"

听完修二的见解后，辉夫、圭一，以及春绘三人都用力点头同意。只有藤代雅美一个人摇头表示难以认同。

结果，大厅中的询问在没有得到明确结论的情况下结束了。若林辰夫是自杀，还是他杀呢？从现场状况看来的确像是自杀，不过看了他发给藤代雅美的短信内容后，感觉又像是他杀。只不过，如果是他杀的话，凶手势必得花好一番工夫，才能让若林辰夫亲自喝下毒药。

然而，风祭警部涨红了脸，很肯定地大喊："凶手就在遗族之中！"现在的他已经完全坚信是他杀了，"那些家伙居然敢联合起来否定我的推理。绝不能原谅他们。至少也要把他们其中一个人给抓起来！"

"嗯……"可以先找人过来把这位警部抓起来吗？宝生丽子暗地里这么想。毕竟造成诬告就太迟了。"请您冷静下来，警部。"

"我很冷静。那个家族的人全都很可疑。太可疑了，你也是这么想的吧？"

"这个嘛，警部说得也对。辰夫死了之后，若林动物医院就变成辉夫一个人来经营，遗产则是大多分给了圭一与修二。而圭一的妻子春绘也会受惠。这么一想，他们全都有杀人动机。我也认为他杀的可能性很大。"

"噢噢，宝生！"风祭警部用夹杂着感动与感谢的眼眸凝视着丽子，"只有你才是我最可靠的伙伴啊！"这还真是独特的见解。

谁要当你的伙伴啊？——丽子当然不能说出真心话，所以她暧昧地笑着修正话题。"问题在于，是谁用了什么方法，让辰夫喝下了掺有毒药的红酒。"

就是这点想不通。丽子像是要喘口气似的拿下眼镜，一边用手帕擦拭着黑色镜框，一边思索着。可惜脑海里并没有闪现什么灵感。看来即使戴上眼镜，推理能力也不会突然有所提升。问题是，到底还欠缺什么线索呢？

就在这个时候——

"风祭警部！"一位身穿制服的警察走了过来，在警部面前举手行礼。那警察说："有人表示有重要的事情要跟您说……只不过，对方是个年纪才十岁的少年。"

几分钟后，宝生丽子与风祭警部来到这位十岁的少年——若林雄太的房间。若林雄太是圭一与春绘的独生子，也就是辰夫的孙子。不过对方毕竟还是个小孩子，实在很难称得上是事件的中心人物。这位少年究竟有什么重要的事情要说呢？风祭警部放低身段，带着生硬的笑容走向少年。

"你就是雄太吧。听说你有话想跟我说，到底是什么事情呢？"

"就是啊，就是啊，"少年忘我地开始诉说起来，"我看到了。昨天晚上厕所里啊，有亮光，在爷爷的房间里看到的。"

"这样啊，你昨天晚上从爷爷的房间里看到了厕所的亮光啊，"接着风祭警部像一只伤透脑筋的熊一样，抱住了头，"这是怎么样的离奇画面啊……我完全想象不出来。"

"警部，我想他说的并不是这个意思，"丽子把警部赶到一旁，并重新探究起这些字词组的含意，"我懂了。雄太昨天晚上上厕所的时候，看到爷爷的房间里有亮光对吧？"

"嗯，嗯。"少年开心地点了点头。

"那是什么时候的事情呢？"

"是在半夜哦。凌晨两点左右，"少年竖起两根指头回答，"那时候刚好打雷，所以这一带停电了。大姐姐知道吗？"

"嗯！大姐姐当然知道啊，"话虽如此，其实丽子是等到今天早上起床之后才知道的，"雄太为什么会知道停电了呢？你不是在睡觉吗？"

"我是在睡觉啊，可是又被雷声吵醒了。然后我突然想上厕所。虽然很害怕，但我还是离开房间去厕所。因为走廊也是一片漆黑，我就拿起那边的手电筒。"

少年往房门的门把旁边一指，那里有个吊在挂钩上的手电筒。这么说来，死者辰夫的房间里，也有个跟这一样的挂钩，同样挂着手电筒。看来这个家里似乎习惯把手电筒摆在门把旁边的样子。

"然后啊,在离开房间去上厕所的途中,我从走廊的窗户往外看了一下。从那边可以看到爷爷在中庭另一边的房间,我就在那里看到了亮光。"

"咦?爷爷的房间亮着灯吗?"

"怎么可能嘛,都停电了啊。是更小的亮光。"

"啊啊,原来是这样啊。"大姐姐你是笨蛋吗?虽然丽子从少年的话里听出了这样的弦外之音,但是她没有显露怒气,继续问:"那么,是有谁在爷爷的房间里使用手电筒啰?"

"不对,那不是手电筒的灯光。我想那大概是火吧。感觉上像是小小的橘色火焰,在窗帘的缝隙里晃来晃去的。"

"你说火?"之前一直默默听着的风祭警部,仿佛再也忍不下去似的插嘴说道,"我说小朋友啊,你没看错吧?"

"我绝对没看错。因为我看到了两次呢。去厕所的时候看到了,从厕所回来的时候也看到了。"

由于少年的描述很具体,丽子认为可信度相当高。而且,如果少年的证词是事实的话,那就表示若林辰夫的死是他杀了。因为不管是谁在辰夫的房间用火,都绝不可能是辰夫本人。因为辰夫在凌晨一点左右就已经死了。这样一来,那时候在辰夫的房间用火的人,恐怕就是凶手。

"看吧,宝生!我的推理果然是正确的,"风祭警部露出洋洋得意的表情,向丽子夸耀着说,"凶手果然在深夜又回到了现场。为了回收掺有毒药的酒瓶与字条。小朋友看到的一定是当时凶手手里拿着的火光没错！"

风祭警部单方面地如此断定之后，便一脸严肃地面对着雄太："小朋友啊，最后再告诉我一件事好吗。你看到的火光是打火机的火，还是火柴？又或者是蜡烛呢？"

"呃——我只是远远地看到而已，怎么可能知道这种事情嘛。叔叔你是笨蛋吗？"

听到少年这句再坦白不过的话，风祭警部幼稚地扬起眉毛。"喂！我说你啊！"他对少年大声斥喝，"不准叫我'叔叔'，要叫'大哥哥'！"

警部，这才是惹你生气的重点吗？丽子叹了口气，然后在心中向少年道歉。

——对不起啊，雄太，你说得没错，这位叔叔是笨蛋。

4

"这是波尔多产的 Ch.Suduirant，年份是一九九五年。"

管家将高级白葡萄酒的标签秀给瘫坐在沙发上的丽子过目。等丽子点头示意，他便灵巧地用侍者刀剥下封条，并打开软木塞，往擦得光亮的高脚杯里注入透明的液体。影山这一连串的动作非常熟练利落，没有分毫生涩。

这里是能够眺望夜景的宝生家大厅。丽子换上了和白天的裤装截然不同的针织洋装，看起来充满了女人味。绑着的头发放了下来，装饰用的黑框眼镜当然也拿掉了。现在的她并不是女刑警,而是货真价实的宝生家千金。让自己完全放松的丽子举起了玻璃杯,并将杯口凑向嘴边。就在这个时候,丽子突然停下了手。

"这里头该不会下了毒吧……"

"您在说什么啊,大小姐?"管家像是压抑住情感般以低沉的声音说,"就算大小姐您对我下毒,我也绝不可能对大小姐下毒的。请您放心。"

"听你这么说,我更不可能放心了嘛——"管家那种说法,反而让人感受到从骨子里散发出来的恶意。说不定,这个男人其实很讨厌我。丽子有时候会不由得这么想。

"那么,就让在下从理论的角度来说明吧。我在大小姐的面前拿出了一瓶全新的酒,在大小姐的面前打开瓶栓,然后在大小姐的面前将它倒进高脚杯里——而且还是擦拭得一尘不染的酒杯。请问,在这个过程之中,有容我下毒的余地吗?只要是在不使用魔术的前提下,要下毒是绝不可能的事情。"

"是啊,的确是这样没错,"丽子将思绪抽离了当下,转而投注在白天的那个事件上,"不过,凶手却成功地让若林辰夫喝下了掺有毒药的红酒——那也是魔术吗?"

听到丽子的自言自语,管家影山眼镜底下的双眸忽然亮了起来。这个面无表情的男人,只有在这种时候才会露出淡淡的笑容。这位名叫影山的男人,会一本正经地回答"其实我原本想当的不是管家,而是职业棒球选手或职业侦探",真是个彻头彻尾的怪人。

"看来现在大小姐正幸运地——不，应该说是不幸地正在为难解的案件苦恼吧。既然如此，不妨跟在下谈谈如何？或许会有什么新发现也说不定。"

"我才不要呢，"丽子愤然地转过头去，"你又要骂我白痴，给自己寻开心吧。算了，与其被管家叫白痴，倒不如让案件变成无头悬案算了。"

"哎呀，请您不要说得那么偏激嘛。在下可是一心一意地想要帮上大小姐的忙呢。"

看了恭敬低下头的影山一眼之后，丽子无奈地摇了摇头，将酒杯里的酒送进嘴里。宛如果蜜般芳醇的甘甜，扩散到整个口中。没有毒，这的确是上等的白葡萄酒。丽子将高脚杯放在桌上之后，总算下定决心开口说明。

"好吧，那我就破例告诉你吧。"站在刑警的立场上，丽子还是不该让案子变成无头悬案，再说，影山的推理能力也确实不容小觑。至少要让他解开掺有毒药的红酒之谜才行，这是丽子此刻真实的心情。"被杀害的是若林动物医院的院长若林辰夫，六十二岁。帮佣发现他在自己房间内喝下毒药身亡……"

影山端正地站在丽子身旁，就这样静静地聆听她所说的一字一句。等到丽子大致把事情说完后。影山回答"我明白了"，然后像他过去所做的一样，开始归纳问题的来龙去脉。

"简单来说，事情是这样子的。若林辰夫喝下某人送来的红酒，被毒死了。毒药不是混入酒瓶里，就是涂抹在酒杯内侧。可是，如果想把毒药混在酒瓶里，就非得撕开封条、打开瓶栓不可。这样反而会让人怀疑这瓶酒动过手脚，所以照理说是不可行的。另一方面，假使要在酒杯里涂上毒药，考虑到辰夫有洁癖，这种方法恐怕也很难成功。"

"对，你说得没错。还有其他什么比较好的方法吗？"

"不，我想不到其他方法了，"影山立刻回答，"凶手恐怕还是通过刚才列举的两种方法之一，让若林辰夫服下毒药。那么，到底是用哪种方法呢？我认为在酒杯内侧涂抹毒药的可能性极低。"

"因为辰夫有洁癖吗？"

"那也是原因之一，不过还有另一个重点。那就是凶手特地选择红酒作为礼物。如果凶手想要使用在酒杯内侧涂抹毒药这种手段的话，那就绝对不能选择红酒。这是因为在成千上万的器皿之中，没有任何一种比玻璃高脚杯更重视透明感的了。举例来说，即使是不在意烧酒碗上有污渍或是啤酒杯上有水垢的人，也能轻易发现玻璃高脚杯上的细微水垢或污渍。总之，想要在杯子里涂抹毒药，没有比玻璃高脚杯更容易被拆穿的了。尽管如此，凶手却没有选择烧酒或啤酒，反而刻意选择了红酒作为礼物。意思就是说，凶手打从一开始，就没有考虑过在酒杯内侧涂抹毒药这个手段。"

原来如此，影山说的话很合理。

"所以你认为凶手是在酒瓶上动手脚啰。可是相较于在酒杯上动手脚，想在酒瓶上动手脚不是困难许多吗？"

"这正是凶手的目的。越是认为没有办法动手脚的地方，凶手的伎俩就越难被识破。"

"话是这么说没错啦——可是要怎么动手脚呢？先拔开瓶栓掺入毒药，然后再把瓶栓给塞回去，这种做法可行不通的哦。毕竟在撕掉封条的时候，就已经留下动过手脚的痕迹了。"

"我明白。瓶栓没有打开，封条也没有撕掉。"

"这样一来，酒瓶就一直处于密闭状态啊。"

"不，大小姐。请恕我回嘴，红酒酒瓶这种东西，可说是密闭的，也可说是没有密闭的。从这个角度来看，酒瓶其实算是一种模棱两可的容器。"

"是密闭的，却又没有密闭的——"丽子歪着头。影山有时候会像这样说出莫名其妙的话来，叫人伤透脑筋。"这是怎么一回事？你解释一下。"

"以红酒酒瓶为例，酒瓶本身是玻璃制的，密闭能力确实相当好。可是瓶栓的部分，只是使用一般的软木塞而已。拜这个软木塞所赐，红酒在保持密闭的同时，也能和外界的空气接触，借此加速熟成。就像这瓶一九九五年波尔多产的白葡萄酒一样——T字形的开瓶器可以轻易地刺进软木塞，可见软木塞这种东西原本就是既柔软又富有伸缩性的材质，绝对称不上是什么密闭度极佳的东西。您觉得如何，大小姐？您不认为这里有可以动手脚的空间吗？"

"等、等一下，"感觉到影山的话里有提示，丽子马上对他下令，"你先拿一瓶全新未开封的红酒过来。"

"遵命。"影山低头行了一礼，过了几分钟后，便带着一个标签看起来很陌生的酒瓶回来。"请问这个可以吗，大小姐？"

"噢——这也是波尔多吗？"

"不，这是连锁购物中心伊藤洋华堂买来的红酒，一瓶只要1995日元。"

"真的耶，价格标签还贴在上面呢，"算了，这时候就别管什么波尔多还是伊藤洋华堂了，"借我一下。"

丽子接过酒瓶后，先从正上方窥视瓶栓的部分。果然不出我所料——只消瞥过一眼，丽子的观察就结束了。

"你看，影山，"丽子将酒瓶的顶端朝向管家，"看好了，软木塞的顶端套着一个一元硬币大小的金属罩子，然后周围又包覆着封条对吧？这也就是说，软木塞并没有露出来。在这种状态下，甚至无法触碰到软木塞。根本没有什么可动手脚的空间嘛。"

丽子仿佛在夸耀胜利般，以从容不迫的动作拿起桌上的高脚杯，静静地送到嘴边。可是影山却丝毫没有显露出动摇的神色，反而透过眼镜，对丽子投以同情的视线。

"请恕我失礼，大小姐。"

做了这样的开场白后，影山接着说道。

"难不成大小姐的眼睛是瞎了吗？"

丽子忍不住使劲一握，手中的高脚杯发出噼里啪啦的生硬声响，同时应声破裂。酒从丽子紧握的手指间滴落。丽子默默地接下影山递来的手帕，用它来擦拭手指上的水珠。经过了一段过于冗长、再也忍受不了的沉默之后，影山率先开口："失敬——如果惹您生气的话，那真是非常抱歉——"

"如果道个歉就可以解决事情的话,这世界上就不需要警察啦!"丽子把湿掉的手帕揉成一团,朝管家扔了过去,"再说,你是哪只眼睛看到我瞎了!话先说在前头,我从小时候起,就只有视力特别好!"

"您说得是,说您瞎了确实是太过分了,"管家冷静地接住丢到面前的手帕,"不过,大小姐的观察力不足,也是无法否认的事实。"

接着管家用右手拿起1995日元的酒瓶,并且重新将瓶口的部分伸向丽子眼前。

"请您看仔细了,大小姐。的确,软木塞并没有露出来。就如同大小姐所说的一样,软木塞的顶端套着一个一元硬币大小的金属罩子。不过,若是更仔细地去观察的话,您应该就能看出罩子上有两个像是用针戳开的小孔吧。"

"咦?"听到影山突如其来的提示,丽子重新从正上方注视酒瓶。这样一看,丽子才发现一圆硬币大小的金属罩子上,确实打了两个小孔。而且透过小孔,就可以看到内部软木塞的质地。"哎呀,真的耶——这是原本就有的吗?"

"正是如此。这大概是用来加速红酒熟成的气孔吧。大多数市面贩卖的红酒,瓶盖部分都有这样的小孔。您从来没有注意到吗?"

"是啊,反正我的眼睛瞎了嘛。"丽子也只能竭尽全力嘲讽自己了,"这个洞又怎么样了?这种小孔,顶多只有针能穿过哦。"

"所以说,凶手正是拿针穿过了这个小孔。当然,那并不是普通的缝衣针,而是针筒的针。动物医院里,应该有尺寸相符的针头才对——这样您应该明白了吧?"

"啊，原来是这样啊！"丽子打了个响指，"凶手在酒瓶内注射了毒药对吧！"

既然金属套子上开了小孔，那么针头就能穿过富有伸缩性的软木塞。凶手利用这个气孔，将溶解在水里的氰酸钾装在针筒内，注入酒瓶之中。这样就能把毒药混进红酒之中，不必撕开封条，也不用拔掉瓶栓，外表看起来还是跟全新的红酒一样。凶手假借藤代雅美的名义，将这样一瓶掺了毒药的红酒送进若林辰夫的房间。这个乍看之下没有任何异状的酒瓶，辰夫压根没怀疑里头被人下了毒。所以，辰夫发了一条道谢的短信给藤代雅美，然后就自己打开了瓶栓。由于残留在软木塞上的针孔太小，辰夫没能察觉，这也是很正常的。

"凶手还真是想到了可怕的方法呢，"诡计的谜底揭晓后，丽子再次感受到那股让人忍不住打起寒战的恐惧，"不过话说回来，到底是谁做出了这种事情呢……"

丽子轻声这么说完后，影山用一副惊讶不已的表情注视着丽子。

"哎呀，大小姐还没有察觉到凶手是谁吗？我还以为您早就知道了呢。"

"我怎么可能知道啊。"就是因为不知道凶手是谁，警方才会那么辛苦，而丽子也才得要忍受管家的出言不逊。

"怎么？难不成影山你知道凶手是谁吗？"

"是的。这问题并不困难，光是用理论就可以解开了。"

这么说完之后，影山转而探讨凶手的真实身份。

"值得关注的是少年若林雄太的证词。少年指称，凌晨两点曾看到被害人的房间里有橘色火焰在晃动。也就是说，这时候的确有人在被害人的房间里。而这个人正是凶手。那么凶手为什么要在深夜里前往辰夫的房间呢？当然是为了确认辰夫已死，同时回收犯罪的关键证据——那瓶掺有毒药的红酒。到这里为止都没问题吧？"

"嗯，风祭警部也是这么认为的。"

"问题在于凶手在点着火光的状态下进行事后处理。为什么凶手要这么做呢？"

"那当然是因为停电的关系啊。因为电灯不亮了，凶手才会点火取代灯光。"

"不过，现场备有手电筒，就挂在门口旁的挂钩上。而且，只要是若林家的人，任谁都应该知道那个地方有手电筒才对。尽管如此，凶手却不使用手电筒，反而依赖火光来进行作业。这也就是说，凶手明知道可以使用手电筒，却又刻意不用。但是反过来想，就算不使用手电筒，凶手也不会觉得不便，是不是这样？"

"我懂了。你的意思是，凶手的手边有更简便也更惯用的光源。对凶手来说，用那个就足够了。简而言之，凶手是个有抽烟习惯的人，平常随身携带着打火机或火柴。你想说的就是这个意思吧？"

"正是如此。只不过，我不认为在作业时光靠火柴的光源就足够了。毕竟在作业当中，不可能一支接一支地点亮火柴。"

"我也有同感。所以平常爱用火柴的辉夫并不是凶手。如果他是凶手的话，应该会毫不犹豫地选择使用手电筒才对。"

"是的。同样的道理，圭一的妻子春绘也不是凶手，因为她并没有抽烟的习惯。"

"为什么你能肯定春绘不抽烟呢？的确，春绘并没有在我们的面前抽过烟，可是也不能因为这样就断定她不抽烟啊。"

"不，大小姐，请您回想一下圭一的十元打火机瓦斯用完时的情形。当时圭一并不是向春绘借火，而是特地跟弟弟修二借火。如果春绘是有抽烟习惯的人，那么圭一应该会先跟坐在身旁的妻子借火，不是吗？从这点来分析，春绘应该不是一个有抽烟习惯的人。"

"原来如此，"不愧是影山，光听别人的描述，就能参透到这个地步，"那么凶手就是剩下的两个人啰，圭一和修二兄弟。"

觊觎遗产的这两人都有充分的杀人动机，而且两人也都带着打火机。究竟他们兄弟之中，谁才是行凶的凶手呢？

"凶手是修二。"影山出乎丽子意料，很干脆地说出了结论。

"等一下。你该不会是想说'因为圭一的打火机没瓦斯了'吧？虽然今天白天没瓦斯了，但是昨天晚上说不定还有瓦斯啊。我觉得凶手是圭一才对，他的打火机没瓦斯了，正是因为昨晚在杀人现场消耗太多瓦斯的缘故，难道不是这样吗？"

"不，圭一不可能单手拿着十元打火机，只用另一只手在深夜中进行事后处理。请您仔细想想，大小姐。凶手在昨晚凌晨两点时来到现场，并且回收了掺有毒药的红酒。如果只是要回收的话，的确单手拿着打火机也可以办到，毕竟那不是多么困难的事。可是在那之后，凶手又从柜子上取出新的红酒，拔掉瓶栓摆在桌上——问题就出在这里。姑且不论其他动作，光说拔掉酒瓶瓶栓这项作业，怎么样也不可能用单手就能办到。明明一旁就有手电筒这么方便的工具，却还是执意要单手拿着打火机完成这项作业吗？我认为这是不可能的。"

"唔唔——你这么说也对。"

的确，想在黑暗中拔掉酒瓶瓶栓的话，与其单手拿着打火机，还不如把手电筒打开放在一旁，用双手进行作业，这样就轻松多了。这种事情根本不必亲自尝试，就知道。

"可是这点修二不也一样吗？修二也不可能单手拿着打火机拔掉瓶栓吧。"

"不过，以修二的情况来说，他要完成这项作业并没有什么困难。这是因为他的打火机是之宝的煤油打火机。"

"不管是之宝的煤油打火机，还是十元打火机，打火机就是打火机嘛，还不都一样？"

影山一脸惋惜地摇了摇头。

"因为大小姐您不抽烟，会觉得一样也是无可厚非。但是，实际上十元打火机和煤油打火机却有着很大的差异。十元打火机这种东西在点火时，必须一直按着出气按钮释出瓦斯才行。一旦将手从出气按钮上放开，瓦斯的供应就会中断，在那一瞬间，火焰也会跟着熄灭。简言之，十元打火机这种东西，当初设计时就故意做成不容许手指暂时离开。另一方面，说到煤油打火机——"

影山一边这么说着，一边从衬衫的口袋内取出烟盒，并且像是在炫耀般当着丽子的面叼起了一根烟。在目瞪口呆的丽子面前，影山又拿出自己心爱的之宝煤油打火机，将自己的烟点燃，然后把冒着火焰的打火机靠近丽子的眼前。

"煤油打火机是用这个浸透了煤油的棉芯部分来燃烧,因此一旦点起了火,只要不盖上盖子,火焰就会持续燃烧。所以——"影山将打火机摆在桌上。打火机宛如一支短短的蜡烛一般,静静地持续燃烧。"就算像这样放开煤油打火机,火焰也不会消失。如此一来,就能用双手打开瓶栓了。换句话说,不使用手电筒也不会感到不便的人,并不是拿着十元打火机的圭一,而是持有煤油打火机的修二。这就是我的结论。"

然后,影山就像是完成了一项大工程般,一面用悠闲的表情抽着烟,一面询问丽子:"您觉得如何呢,大小姐?"

丽子只能愕然地复诵着影山的推理结果,同时注视着缓缓升向天花板的烟雾。

第三部 美丽的蔷薇中蕴含着杀意

1

五月下旬某个晴朗的早晨。在国立市南部的藤仓府庭院前。

藤仓文代一如往常,在丈夫幸三郎的陪伴下散步。不过今年七十岁的文代双脚不方便,无法行走。因此正确的说法是坐在轮椅上散步。负责推轮椅的是幸三郎。丈夫丝毫没有露出厌烦的表情,陪着她散步。这个每天都会重复进行的晨间散步,对文代来说,是非常幸福的时光。

说起藤仓家,是多摩地区鼎鼎有名的老店"藤仓旅馆"的创业者。丈夫幸三郎以前是那里的社长,现在则是以名誉会长的身份过着隐居生活。因此,藤仓府是座豪宅,庭院相当宽广。对于坐在轮椅上散步的文代而言,只需要在院子里逛逛就足够了。

在这样的庭院一角,另有一栋别府。最近那栋别府来了一位新面孔,所以藤仓家弥漫着一股尴尬的气氛,让文代感到烦恼不已。可是,今天经过别府前面的时候,推着轮椅的幸三郎突然对文代提起这件事。

"关于高原恭子小姐,我打算答应俊夫跟她的婚事……"

"哎呀，是真的吗？那真是太好了。俊夫也会很高兴吧。"文代像是被说中了心事一般喜悦，"当然，我和美奈子也都赞成哦——只不过，雅彦又是怎么想的呢？"

"没问题的。如果由我来说的话，雅彦应该也能谅解。"

文代和幸三郎膝下有两个孩子，这两个孩子都已经长大成人，事业有成。女儿美奈子今年三十五岁，已婚，现在有个正在上幼儿园的女儿，名叫里香。美奈子的丈夫雅彦，虽然年纪才四十五岁，却已经接任"藤仓旅馆"的社长之职。幸三郎之所以能够退出经营，并且悠闲地过着隐居生活，正是因为有了雅彦这个女婿来帮忙。如今的藤仓家，可说是以美奈子与雅彦夫妇为中心。

另一方面，儿子俊夫今年三十四岁，在"藤仓旅馆"任职社员，不过目前还是单身。

大概在半个月之前，俊夫将一位带着黑猫的女性引进藤仓家，并且让她住在别府里。俊夫会这么做当然有他的理由，代表他们关系匪浅。不过，幸三郎却坚决不肯承认那位女性——高原恭子在家中的地位。但事到如今，就连顽固的幸三郎，似乎也显现出了软化的态度。

"昨晚发生了什么事吗？话说回来，寺冈好像来了呢。"

寺冈裕二是俊夫大学时代的同窗，而且论关系也算是藤仓家的亲戚。

"在打麻将啦。我、雅彦、俊夫，还有寺冈四个人一起打，"幸三郎用带有睡意的声音说道，"寺冈后来干脆住下来了，所以他现在人应该还在那边吧。"

这时，就像是紧随在幸三郎的说话声之后，庭院一角响起了男性的惨叫声。那急迫的惨叫声，听起来活像是大清早就在庭院里见到鬼一样。

"哎呀，这不是寺冈的叫声吗？"文代一边自己用手推着轮椅前进，一边叫道，"好像是从蔷薇花园那边传来的。到底发生了什么？"

藤仓府的一角，是幸三郎凝聚心力打造出来的正统派蔷薇花园。对于长年埋首于工作的幸三郎而言，只有蔷薇是他唯一的兴趣。

"不知道，总之先去看看吧。"

幸三郎迅速地推着文代的轮椅前往蔷薇花园。那里是个用树篱分隔出来的空间，入口处有个缠绕着蔷薇的门。两人在门前遇见了女婿雅彦。雅彦似乎也是听到惨叫声才跑过来的。

"啊啊，岳父，刚才的惨叫声到底是……"

"不知道。听起来好像是寺冈的声音……总之先进去吧。"

幸三郎和雅彦穿过门口，冲进蔷薇花园里。文代也自己操作着轮椅跟在后面。

蔷薇花园可说是藤仓府中最独特的空间。在那里很难找到蔷薇以外的植物，所有地方都被蔷薇给占据了。有"Cocktail""Parade""Maria Callas"，等等，各式各样品种的蔷薇。有些是栽种在花盆里；有些是茂密地种在花坛中；还有一些是缠绕着墙壁或支柱生长，花朵形状也是各异其趣。而且，五月下旬正是蔷薇盛开的时节。如今到处都绽放着多姿多彩、争奇斗艳的蔷薇，每个角落都洋溢着浓厚的香气与色彩。那是一派美到几乎让人喘不过气来的光景。

在如此华丽的空间中，寺冈裕二似乎被吓得蹲在地上，睁大的眼睛里透出了强烈的惊惶神色。

"到底是怎么了，寺冈？发生了什么事吗？"

雅彦问完后，寺冈裕二伸手指向蔷薇花园正中央一带。

"啊、啊啊……你、你看那边！"

在那里有一张蔷薇床。不过，那并不是真正的床。而是一个大约半坪大小的平台，上头缠绕着蔷薇的藤蔓。茂盛的藤蔓就像是绿色的床垫，大红色的花朵则帮四周增添色彩。

在这张蔷薇床上，一位女性静静地横躺着。那是高原恭子，她那副模样仿佛在蔷薇的包围下睡得正甜一般，由于她还穿着睡衣，那景象还真容易让人误会。可是，有人能够在蔷薇床上安然入眠吗？假使有的话，大概只有感觉不到棘刺刺痛的死人吧。不会吧，文代这么想着，凝视着躺在蔷薇床上的美女。没错——

高原恭子像是睡着似的，死在蔷薇床上了。

2

说起国立市自古流传至今的名胜古迹，就是谷保天满宫了。听说那里是关东一带最古老的神社。日本人常戏称不懂得人情世故的人为"野暮天"，据说这个词正是从谷保天满宫＝谷保天转化而来的（谷保天与野暮天读音相同）。不过,这种民间传说究竟是真的还是假的呢？上"雅虎"搜寻一下，或许就能查出真正的由来吧，但是宝生丽子现在可没有那个闲工夫。

在距离谷保天满宫不远的地方,一处有钱人家的豪宅中发生了案件。接获紧急通报赶往现场的丽子,看了眼前那睡在蔷薇床上的横死者,忍不住倒吸了一口气。

吹弹可破的白皙肌肤,如西洋人偶般端正的面孔,柔顺的黑发和绿色藤蔓互相纠结,盛开的大红色蔷薇在一旁增添色彩……

刚看到尸体的那一刻,宝生丽子的脑海里顿时浮现出"美丽""漂亮"或是"华丽"等形容词,不过站在刑警的立场上,这种话当然不能随意脱口而出。丽子用指尖轻轻推了推装饰用的黑框眼镜,默默观察着尸体。在蔷薇包围下横躺着的美女尸体,那简直就像是绘画一般的光景。到底是谁做出这种事情?——正当丽子想到这儿的时候,背后传来了耳熟的男性声音。

"被害人是高原恭子,二十五岁。据说是最近寄宿在藤仓家的食客——不过,还真美啊。这么漂亮而又华丽的杀人现场,非常难得呢。简直就像是绘画一样嘛!"

丽子在心中暗暗想,那绝不能说出口的失礼话,被这个男人轻易地说出来了。丽子瞬间生起了一股想紧紧掐住他的脖子、大喝一声"你这个野暮天!"的冲动。然而令人感到遗憾的是,这个男人偏偏是丽子的上司,职称为警部,所以丽子不能掐住他的脖子。在无可奈何的情况下,丽子透过眼镜对上司投以冰冷的视线,并且委婉地指责刚才的发言。

"风祭警部,您的发言太轻率了,居然说什么美不美的。这里可是有人被杀害了啊。"

"轻率？你在说我吗？"

用手往胸脯一拍的风祭警部，今年三十二岁，目前单身。其实，他是知名汽车大厂"风祭汽车"的少爷。据说，他想在爱车亮银色捷豹上加装警车警示灯，开着它奔驰在道路上，为了实现这个单纯的梦想，他才特地通过考试，当上警官——这样的流言已经煞有其事地传遍了整个国立署，他就是这么一个古怪的警部。

"你误会了，宝生。我只是说这个地方很美而已，又不是说'美丽的尸体'。我是在称赞这个出色的蔷薇花园啊，"这样巧妙地回避了丽子的责备后，"不过，我家的花园是这儿的两倍大呢。"风祭警部又像是毫不相干似的说出这番冠冕堂皇的炫耀之言。

默默听着警部吹嘘的丽子，是国立署的年轻刑警。其实她真正的身份是"宝生集团"总裁——宝生清太郎的女儿。顺带一提，"宝生集团"是触角扩及金融、不动产、铁路、电力、物流以及推理小说出版业，等等，没有什么事办不到的综合大企业。不过，由于自家名号太响亮了，在古板的警界职场里反而会造成阻碍，因此丽子在工作时，都会刻意隐瞒自己是"宝生集团"千金的事实。她谎称巴宝莉的高级长裤套装是"在丸井国分寺店买来的特价成衣"。阿玛尼的眼镜则谎称是"在眼镜连锁超市里3980日元买的"。不识精品品牌又粗枝大叶的男刑警们，直到现在都没有看穿她这个一戳就会破的谎言。

正因为丽子生性十分谨慎，就算风祭警部再怎么夸耀自家的蔷薇花园，她还是连眉毛都没动过一下。只不过，她已经在脑海中使劲地勒住警部的脖子，并偷偷发起牢骚——我家的花园可是你家的三倍大呢!

"话说回来,宝生,"完全不晓得自己在丽子的脑海里遭受到什么样的待遇,风祭警部开口问道,"看了这具美丽的尸体后,你没有发现什么吗?"

"结果您还是说了'美丽的尸体'哦,警部。"

不过算了,这种事情就先摆到一旁不管了——打从第一眼看到尸体的那一刻,丽子就对好几个疑点感到非常在意。首先是被害人的服装,是轻薄的睡衣。而且被害人打着赤脚,尸体周围也找不到鞋子或拖鞋之类的东西。综合以上这几点来判断,被害人并不是在这座蔷薇花园里遭到杀害的,而是在其他地方,而且还是室内遇害。换句话说,凶手在这座宅邸的某处杀死了被害人后,又刻意将尸体搬到这座蔷薇花园里,将她平放在蔷薇床上。可是,凶手为什么要大费周章地做出这种事情呢?原因就不得而知了——正当丽子朝各个方向思考的时候——

"哎呀,你不懂吗?那我就告诉你吧。案发现场并不是这座蔷薇花园,而是某处的室内哟。你看看被害人的衣着吧,还有被害人打着赤脚……"

风祭警部复述着丽子脑子里刚才已经想过的事情。自己先问"你没发现什么吗?"再自己回答"那我就告诉你吧"是风祭独特的作风。不过,既然他的推理并没有什么谬误,那也就没什么好抱怨的。站在部属的立场,只能默默听他讲完那些早就已经知道的事情,真是受不了。

"警部,总之重点在于找出实际犯案的地点,以及凶手移动尸体的目的,对吧?"

"就是这样,小姑娘。你理解得很快哦。"

是啊,我想绝对比警部你还要快很多。还有,之前我就已经说过好几次了,不要再叫我"小姑娘"什么的,听了让人很不爽!我才不是什么"小姑娘",我是"大小姐"!

高原恭子的尸体被警方慎重地从蔷薇床上移了下来,随后马上进行验尸。

根据验尸结果,死亡时间推测为凌晨一点左右。脖子周围有被某种东西勒过的痕迹,因此死因推断是遭到绞杀导致窒息而死。凶器并不是像带子或绳索那么细,而是更粗的东西——如毛巾之类的物品。关于遭到杀害后才移动尸体这一点,验尸官也表达了和丽子他们相同的见解。

验尸结束后,丽子他们在蔷薇花园的出口处,向四个人询问发现尸体时的状况。

"藤仓旅馆"的名誉会长藤仓幸三郎与妻子文代、身为现任会长的女婿藤仓雅彦,还有昨晚在这座宅邸过夜的寺冈裕二共四人。其中最先发现尸体的是寺冈裕二,听说他是藤仓家的亲戚。

"虽然说是藤仓家的亲戚,但是自从大学之后,我已经有十二年没来过这座宅邸了。因为当年还没有这座蔷薇花园,所以我想要好好欣赏一下。刚好今天早上又难得早起,于是我便趁这个机会去蔷薇花园看看。结果刚到那里,就发现有个人躺在蔷薇床上,走近一看我才发现那是高原小姐。因为她的脸就像死人一样苍白，我吓得忍不住惨叫起来——我说的都是真的。请您相信我，刑警先生。"

寺冈裕二似乎敏感地察觉到被人怀疑的视线了，只见他双手合十地恳求着。丽子注意到，盯着他的风祭警部的眉毛微微抽动了一下。

"那好吧，"风祭警部若无其事地点了点头，然后面向其他三人，"所以你们三个听到从蔷薇花园方向传来寺冈先生的惨叫声，便急忙赶了过来。在那里，你们发现了蹲在地上的寺冈先生，以及高原恭子小姐的尸体，于是马上打110报警——是这样没错吧？"

"是的，大致上的情形就是这样。您说是吧，岳父？"

"啊啊，是啊。刑警先生说得没错。"

虽然雅彦和幸三郎互相点了点头，但语气听起来却有点含糊。

"原来如此，我明白了，"风祭警部暂且点了点头，又说，"不过话说回来，平常是哪位在照顾这座蔷薇花园的呢？"

"是外子，"文代回答，"外子的兴趣是种蔷薇，所以不管是白天还是晚上，只要一有时间，他就会待在蔷薇花园里。因为这样，外子的手上总是伤痕累累。"

"原来如此，毕竟蔷薇有棘刺嘛。那么我请教幸三郎先生，今天早上您看到蔷薇花园的时候，有没有发现什么和平常不同的地方呢？当然，我的意思是，除了被害人的尸体以外。"

"不，没有什么特别奇怪的地方。除了有尸体以外，我想，其他都跟平时一样。"

"雅彦先生觉得如何呢？"

"我平常很少走进蔷薇花园里,所以不是很清楚。"

"是吗?我了解了——不过为了慎重起见,我再问各位一个问题,"风祭警部对着三位男性单刀直入地问道,"各位该不会动过那具尸体吧?"

三位男性同时倒吸了一口气。看来风祭警部的疑问,确实命中了他们的痛处。他这是歪打正着吧?丽子暗地里这么想。

"哼,这也不是什么值得惊讶的事,"和谦逊的话语相反,警部的表情显得十分傲慢,"刚才寺冈先生合起双手的时候,我注意到他右手手背上有刚刚出来的新伤痕。另外,虽然幸三郎先生双手手背上的确伤痕累累,不过仔细观察的话,其中也看得到非常新的伤痕。我正觉得奇怪,于是看了一下雅彦先生的手背,结果也发现了类似的伤痕。这些伤痕到底是怎么来的呢?当然啰,那肯定是蔷薇造成的剐伤没错。可是,平常一直在照顾蔷薇的幸三郎先生手上有伤也就罢了,为什么连雅彦先生和寺冈先生的手上也有同样的伤痕呢?"

三位男性老老实实地听着警部的话。警部又接着说:"你们三个人虽然说,发现尸体之后,马上就打了110报警,但其实你们全都在说谎。你们触碰过尸体了,并移动了位置。手背就是在那个时候被蔷薇的棘刺给剐伤的。我说错了吗?"

原来如此。风祭警部偶尔也很敏锐嘛,丽子难得感到佩服。不过作为一名警部,这点程度的细节,对他来说相当平常也说不定。

听了风祭警部尖锐的指摘后,三位男性似乎难为情地想要掩藏手背上的伤痕。看来似乎是被警部说中了。警部穷追不舍地继续追究下去。

"我们已经了解到,高原恭子小姐的尸体是在遇害之后才被搬到蔷薇花园里。没想到居然是你们三个人把尸体放在那张蔷薇床上……"

"请、请等一下,刑警先生,那是误会,"急忙插嘴打断叙述的是幸三郎,"的确,就如同刑警先生所推测的,我们三个人曾经碰过尸体。尸体多少移动过也是事实。不过,把尸体搬到蔷薇花园里的并不是我们。我们只是在蔷薇花园里发现了尸体而已。"

"岳父说得没错,"雅彦接在幸三郎后面继续说,"我们一开始怀疑她是不是真的死了——毕竟那个样子看起来就像是睡着了一样——所以才会动手摇晃她的身体,检查是否还有脉搏。无论是谁,都会这么做吧。知道她确实死了之后,我们才打算把她从那个平台上放下来。毕竟在场刚好有足够的人手。"

"就是说啊,"寺冈裕二感到抱歉似的点着头这么说道,"总觉得像那样子一直被蔷薇的藤蔓缠住,她也未免太可怜了,所以我们才……"

"嗯,是啊,"幸三郎仿佛在回想刚才的情景,喃喃说道,"可是实际上动手搬动时,我们才发现缠绕在尸体上的藤蔓纠结得比想象中还要严重,怎么样也无法解开。再加上我们都赤着手,所以棘刺会直接剐伤手,让人痛得受不了。就在这个时候,一旁观看的内人这么说了:'这说不定是一起杀人事件,所以还是不要随便碰触尸体会比较好。'听她这么一说,我们才发现自己的行为有多么轻率。事情就是这样。"

这么说完之后,幸三郎像是在道歉似的低下了头。

第一发现者被眼前的尸体吓得惊慌失措,于是不小心触碰尸体,或是移动位置,这都是常有的事情。由于这些行为大多是出自善意,所以也不好多加责难了。尽管说从保护犯罪现场的观点看来,这么做的确是会带来不小的困扰。

风祭警部清了一下喉咙之后,便对着坐在轮椅上的文代问道:"他们说的都是真的吗?"

"是的。我一直看着外子他们的行动。没错,外子他们虽然触碰了恭子小姐的尸体,但时间非常短暂。还请您见谅。"

"既然如此,那就没办法了。"

这么说完,风祭警部结束了这个话题,转而提出新的疑问。

"话说回来,听说高原恭子小姐这位女性,是最近寄宿在这个家里的食客。关于这件事情,之后我再慢慢向各位请教,总之,可以先告诉我她的房间在哪里吗?"

被害人穿着睡衣遭到杀害。因此,她的寝室是案发现场的可能性很高。风祭警部这样询问基本上是很合理的。

"恭子小姐住在别府里。您看,就是那栋建筑。"

文代这么说完之后,便伸手指向距离蔷薇花园五十米外的一栋平房。

丽子和风祭警部立刻穿过庭院,前往别府。宽广的庭院里,除了蔷薇以外,还可以看到其他各式各样的植物。有兰花的盆栽,还有藤架。池塘里漂着莲叶。由于正值开花时节，种在花坛里的三色堇与香豌豆花都绽放出不输给蔷薇的艳丽花朵。走在这些花丛之间，最令丽子感到佩服的一点，就是藤仓府这个宽广的庭院，竟然是个完备的无障碍空间。从蔷薇花园到别府的路上没有台阶也没有高度差很大的斜坡。宅邸内大概也同样经过了一番精心设计吧。当然，这必定是考虑到使用轮椅生活的文代，才会进行这样的设计。

两位刑警抵达了别府。从近距离看去，这栋建筑物虽然名为别府，但实际上却相当气派。玄关前有一丛丛的杜鹃花，紫红色的花朵正值开花供人观赏的好时节。

根据文代的说法，这栋别府原本是美奈子与雅彦夫妇新婚时居住的地方。不过在小孩出生之后，房子就稍嫌狭窄了，所以现在雅彦夫妇是住在主宅那边。听说高原恭子就是在房子刚好空下来的时候，搬进了藤仓家。

风祭警部用戴着白手套的手转动玄关门把。门没有上锁，就这样悄然无声地打开了。两位刑警踏进屋内。走廊两侧有好几间房间，其中一间房间特别吸引了两位刑警的注意，那里似乎是高原恭子用来当作寝室的房间。虽然那是个简单朴素的房间，但里头显然很凌乱。

"噢噢，你看看，宝生。"

"是，我正在看，警部。"

床铺靠在墙边，白色的棉被有一半从床上滑落下来。枕头扔在铺了地毯的地上。桌上有翻倒的咖啡杯。两张椅子的其中一张横倒在一旁。铝窗打开了一半。

"看来可以确定有人在这里发生过争执呢,"风祭警部单方面这么断定后,便自顾自地继续说道,"昨晚一点左右,高原恭子和某个人待在这个房间里。那家伙可能是打开窗户入侵房间,也可能是高原恭子自己请他进来的。无论如何,两人在这个房间内起了争执,然后那个人勒住高原恭子的脖子,杀害了她。换句话说,这里就是案发现场。"

警部的推理比想象中要来得单纯。因此丽子在不惹恼上司心情的限度内,陈述自己的意见。

"原来如此。事情或许就跟警部所说的一样。可是警部,这间房的混乱情况,也有可能是凶手故意伪装的呀?"

"伪装?"警部一瞬间愣住了,"啊啊,宝生,这当然有可能啊!我们当然得考虑这种可能性。当然,我一开始就注意到这点了。"

虽说刚才的这段话里,出现了多得过火的"当然",风祭警部还是一样,"当然"没有察觉到。

"没错,凶手也有可能是事后将这栋别府伪装成像是案发现场一样。毕竟,如果这里是案发现场的话,凶手就得扛着尸体移动五十米以上,才能抵达蔷薇花园。扛着尸体移动五十米嘛,看在被害人是身材苗条的女性,有体力的男性大概勉强搬得动吧。不过即使如此,那也是一项相当吃力的工作。嗯,实际的案发现场,或许更接近蔷薇花园也说不定。"

这么说完之后,风祭警部用手背拭去了额头上冒出的汗珠。

3

家里的相关人士都被召集到藤仓府的大厅里来。除了已经打过照面的四个人，也就是幸三郎与文代老夫妇、雅彦以及寺冈裕二以外，还多了老夫妇的长女，也就是雅彦的妻子美奈子，以及美奈子的弟弟俊夫。俊夫是个相貌端正的美男子，但眼睛却像是哭肿了似的变得红彤彤的。

"首先我想请教一下被害人高原恭子住在藤仓家别府的理由。她跟藤仓家究竟是什么关系呢？"

正当风祭警部环视着大厅里的一群人时，哭红双眼的俊夫慢慢地抬起头来。

"恭子是我带回这个家的女人。我原本打算要和她结婚的。"

这么说完后，俊夫结结巴巴地道出了高原恭子来到藤仓家之前的故事。

俊夫和高原恭子是在他工作中经常出入的高级会所里认识的。换言之，她是从事特种行业的女人。由于她拥有出色的容貌，再加上为人聪明又细心，因此俊夫很快就被她所吸引。虽然俊夫频繁造访她的店，不过就在这个时候，她工作的会所突然歇业了。因为这个缘故，她也不得不离开当初向店里租用的公寓。此时对陷入窘境的可怜女性伸出援手的就是俊夫。俊夫邀请高原恭子来自己家的别府居住。当然，俊夫本人也不否认，自己的目的是希望将来可以和高原恭子结为连理。

于是高原恭子便带着不多的行李与一只黑猫，搬进了藤仓家的别府。那是距今大约半个月之前的事情。

"嗯，黑猫啊？"风祭警部对这特别无关紧要的线索感兴趣，"这么说起来，别府里并没看到猫呢。各位知道被害人饲养的猫在哪里吗？"

"说起来，从今天早上起，就没看到过猫，"文代呢喃着说，"有谁看到过吗？"

藤仓家的一群人全都摇了摇头。黑猫下落不明，为了慎重起见，丽子在脑海里记下了这件事情。

"好吧，这事就算了，"这么说完后，风祭警部便将话锋直转向核心正题，"话说回来，虽然我这么说有点失礼，不过，突然把从事特种行业的女性带回藤仓家，难道家人不会相当排斥吗？你说是不是，俊夫先生？"

"是啊，您说得没错。一开始所有人都反对让她住在别府，但我却硬是让她住下来了。因为我想，只要住在一起的话，大家一定很快就能了解她的为人。"

"原来如此。那么实际上又是怎么样呢？在一起住了半个月之后。"

风祭警部环顾这一家人，见到美奈子举起了手。

"我和母亲马上就跟她熟络了起来。不知道是不是因为同样都是女性，比较不用在意身份，才经过短短几天的相处，我们和她就已经完全没有隔阂了。她讲话非常风趣，是个好女孩。我在想，如果她能跟俊夫结婚的话也不错。只不过外子好像很抗拒的样子。"

"噢，是这样吗，雅彦先生？"

"这也是没办法的事啊，刑警先生，"雅彦愁眉苦脸地说，"毕竟家里突然来了个来历不明的女人呀，怎么可能随随便便就答应他们的婚事嘛。岳父应该也是这么想的才对。"

"嗯，"幸三郎轻轻地点了点头，"可是刑警先生，我一开始的确是反对两人结婚的。不过和她相处了半个月之后，我多少也有意答应了。不，我昨晚已经决心认可两人的婚事了。"

"哎呀，是这样吗，岳父？我都不知道呢。"

"对了对了"文代像是回想起什么似的，在轮椅上挺直了背脊，"昨晚你们男人好像在一起打麻将了。当时发生了什么事吗？"

面对文代的询问，俊夫无力地回答。

"这场牌局是我安排的。我想要请寺冈帮忙美言几句。"

"请寺冈先生帮忙美言几句？"

风祭警部将视线投向寺冈裕二。寺冈一边搔着头，一边说明。

"那个，其实我和高原恭子打从学生时代开始就认识了。带俊夫到店里去给她捧场的也是我，可以说我就是促成两人姻缘的媒人。我听俊夫说家人反对他俩结婚，希望我可以助他一臂之力，于是便安排了昨晚的麻将大会。"

"也就是一边打麻将，一边向幸三郎先生与雅彦先生灌输高原恭子的优点啰？"

"是啊，就是这样。比方说她的人品有多好啦，作为结婚对象是多么理想啦，我趁着打麻将的空当，不停地替她美言。不过我可没有夸大其词。事实上，只要不用'特种行业的女人'这种偏见去看她的话，她其实是个非常平凡、个性爽朗的女性罢了。"

所以寺冈裕二的支持，至少对幸三郎产生了效果。高原恭子与俊夫的婚事将要实现了。但是就在这个时候，高原恭子遭到杀害。也就是说，这起案件是不赞成她跟俊夫结婚的人所犯下的啰？

这么一想，最可疑的就是直到最后都反对两人结婚的雅彦。当然不能这么快就下定论啦。或许有人表面赞成，内心却依旧对两人的婚事感到不快也未必。

"顺便请问一下，那场麻将大会是在哪里举行，又打到了几点呢？"

"在二楼的娱乐室举行，大概打到半夜十二点左右吧，"幸三郎回答，"我们边喝酒边打牌。到了十二点左右，俊夫开始打起盹来，所以我们就自然而然地解散了。俊夫好像直接倒在房间里的沙发上睡着了。我和雅彦分别回到了自己的房间，寺冈则是睡在客人专用的房间里。"

"那么凌晨一点左右案发的时候，各位都是独自一个人啰？"

"这个嘛，我和文代的寝室是分开的，雅彦和美奈子也是。如果是凌晨一点的话，大家应该都是自己一个人在睡觉吧。"

听了幸三郎所说的话，藤仓家的相关人员全都点了点头。

就在这个时候——

"那个，"美奈子战战兢兢地开口说，"我有件事情想问妈妈。"

文代露出惊讶的表情，转头面向女儿。

"哎呀，是什么事啊，美奈子？非得现在问不可吗？"

"嗯，大概吧，"这么说完之后，美奈子对母亲丢出一个意想不到的问题，"妈，深夜一点左右，你跟爸爸一起在庭院里散步了吗？"

文代和幸三郎老夫妇像是搞不清楚状况般面面相觑。

"没有啊，我才不会大半夜地跑去散步呢。你说是不是，老公？"

"是啊。我和你妈妈都是在早上散步，从来没有在晚上散步过。"

"这，请等一等。你说深夜一点左右？"

对这句话不可能充耳不闻的风祭警部插嘴说道。这也不无道理。毕竟深夜一点前后，正是与高原恭子的死亡推测时间相符的。"美奈子小姐，你在那个时候看到了什么吗？"

"是的。其实我昨天半夜精神很好，怎么样也睡不着。所以我就打开二楼寝室的窗户眺望庭院，顺便抽根烟。大概是在凌晨刚过一点的时候吧，我看到有人推着轮椅穿过庭院，然后往蔷薇花园那边走去。我还以为那一定是爸爸跟妈妈一起在庭院里散步……"

听了美奈子意外的发言后，雅彦脸色大变。

"你真笨啊。岳父他们怎么可能在那种时间去庭院里散步呢？"

"可是我想说爸妈也有可能失眠嘛。"

"这么说来，"寺冈裕二代替一家人说出了萦绕心中的想法，"难不成美奈子小姐看到的是凶手？而且就是凶手把尸体搬运到蔷薇花园的那一幕！"

所有人同时将视线投向风祭警部。

"原来如此，"警部严肃地点点头后，便开口询问坐在轮椅上的老妇人，"文代女士的寝室是在一楼对吧？"

"是的，因为那样行动起来比较省事。"

"那么昨晚您就寝的时候，轮椅是摆在床的旁边吧？"

"嗯嗯，当然。一直都是这样的。"

"那么，假如您在睡觉的时候，某个人偷偷闯入了您的寝室，把那台轮椅给拿走，您认为这有可能吗？"

"这种推测真是恐怖，"文代露出厌恶的表情，皱起了眉头，"不过我认为那是有可能的。因为我昨晚睡得很熟，直到天亮之前都没有醒过。"

"这样啊。顺便再请教一个问题，家里有没有其他轮椅呢？比方说备用轮椅，或是以前使用过的旧轮椅。"

"不，没有。轮椅就只有这一台而已。"

"是吗？这就错不了啦，"风祭警部很快就下了结论，"凶手杀害高原恭子小姐后，暂时借用了文代女士的轮椅。然后将尸体放在轮椅上，运到蔷薇花园里。使用轮椅的话，搬运尸体就变得轻松多了。"

听了风祭警部的结论，文代一脸不悦地打算从轮椅上站起身来。

4

询问完相关人士之后，刑警们从大厅走向后门。后门也跟玄关一样设置了斜坡。风祭警部突然指着那条斜坡，像是发现了什么稀奇的事情一般。

"宝生，你注意到吗？这个藤仓家的宅邸、别府还有庭院，全都是无障碍空间呢。虽然我早就察觉到了。"

"……"其实丽子也早就察觉到这点了,所以并不打算回答。

"真是太适合了,这房子简直就像是专门为了用轮椅搬运尸体而建造的嘛!"

"这么说会不会太过分了点?"这房子当然不可能是为了方便凶手用轮椅搬运尸体而建造的。

"总之,这样就知道移动尸体的手法了。剩下的问题是凶手的目的。凶手为什么要大费周章地把尸体运到蔷薇花园里呢?我总觉得只要解开这个谜题,就能知道这起事件的真相了——哎呀,这是什么声音?"

走出后门的时候,风祭警部停下来四处张望着。后院的一角,可以看到一间木造的小屋。从拉门与窗户的样式来看,那里似乎不是供人居住的地方。

"那是仓库吗?里面好像有什么人呢——"

警部像是被激起兴趣似的朝小屋走去,丽子也紧跟其后。小屋入口处的拉门开了一道窄缝。往里头一看,原来是一间仓库。一层层堆起来的瓦楞纸箱、滑雪用具、露营器具,还有现在已经用不着的婴儿床与木马,以及婴儿的玩具等众多物品,乱七八糟地堆放在仓库里。

在仓库里头,有个头上绑着红色蝴蝶结的小女孩。印象中,曾听说过雅彦和美奈子夫妇有个正在上幼儿园的女儿。就是这个女孩吗?

小女孩坐在瓦楞纸箱上注视着婴儿床。婴儿床里有个黑色的物体……那是一只猫。

"原来如此,正想说被害人的猫不知道跑哪儿去了。原来是在这种地方啊。"风祭警部低声地这么说完后，便把拉门打开。接着他竭尽全力保持和蔼可亲的笑容开口说："哎哟，小姑娘，你叫什么名字啊？"并走向小女孩。

"不行……"小女孩一瞬间露出了害怕的表情，"妈妈说不可以随便跟不认识的大叔叔说话。"她说出了以这个年纪的女孩来说可以打满分的模范回答。

"是吗？不过你不用担心。因为我不是'大叔叔'，而是'大哥哥'。好了，小姑娘，你叫什么名字？今年几岁？"

"那个，人家叫做藤仓里香，今年五岁。"

"唉，我说警部，看你干了什么好事啊……"丽子不禁抱住了头。如果这女孩在不久的将来，被不认识的大哥哥拐走的话，你要怎么负责任啊！丽子把眼前危险的大哥哥推到一旁，自己面对着里香。"里香在这种地方做什么呢？"

"那个，里香走到仓库前面的时候，听到里面传来探戈的声音。所以里香把门打开一看，结果探戈真的在里面。然后里香就帮它治疗了一下。"

"探戈？"丽子思考了一下，马上就明白了那是黑猫的名字，"不过治疗又是什么意思呢？"

"探戈它受伤了。"

"是这样啊，我看看哦。"丽子重新注视着婴儿床里的黑猫。黑猫以稍微提起右前脚的姿势，用三只脚摇摇晃晃地站着。

"真的耶。右前脚看起来好像很痛的样子，真可怜。"

"什么！你说猫受伤了！"风祭警部用格外响亮的声音大叫后，便注视着婴儿床内的黑猫，"唔唔……的确是受伤了……这么说来，该不会……"

这时，不知道是不是听到了警部的叫声，美奈子突然从仓库的入口探头进来。

"哎呀，里香你这孩子，原来跑到这种地方啦。而且刑警先生也在。怎么了吗，刑警先生？这里是仓库，里头只放了一些平常很少使用的破烂东西。"

"噢噢，太太，你来得正好。我有点问题想要请教你。这只黑猫就是高原恭子小姐养的那只猫吗？"

"哎呀，原来在这里啊。是啊，没错。这是恭子小姐的猫。恭子小姐非常爱猫，平常甚至还抱着猫一起睡觉呢。"

"抱着猫睡觉？那么，昨晚这只猫也在她的寝室里啰？"

"这个嘛，我并没有亲眼看到，所以也不是很清楚，不过我想大概是吧。"

"请你仔细看看，夫人。这只猫的右前脚受伤了对吧？这只猫从前就这样跛脚吗？"

"哎呀，没这种事。我昨天傍晚看到的时候，它还活蹦乱跳的呢。而且也没听恭子小姐说猫受伤了——"

"果然是这样。嗯嗯，真是非常感谢你的帮忙，"风祭警部露出满意的笑容面向丽子，并且像是夸耀胜利般指向婴儿床里的黑猫，"你看，宝生。这正是不可动摇的证据。"

丽子顺着风祭警部的话语望向黑猫。黑猫探戈躺在小小的被窝里，舔着自己的右前脚。虽然警部说这是不可动摇的证据——"可是猫在动耶！"

"'不可动摇的证据'只是打个比方而已。猫当然会动。你看，这只猫的脚受伤了。"

"被害人养的猫受伤了，那又怎么样？"

"高原恭子果然是在那栋别府的寝室里遭到杀害的，"警部突然如此断言道，"现场不是有争执过的痕迹吗？那才不是什么凶手的伪装。事实上，凶手就是在那间寝室里下手的。"

风祭警部皱起眉头，然后又滔滔不绝地激动演说起来。

"昨晚高原恭子被某个人杀害了。另一方面，在同一天晚上，她饲养的猫前脚受伤了。这两个事件真的是不相干的吗？在饲主遭到杀害的当天晚上，那只猫是因为偶然发生的另一件意外，使得前脚受了伤吗？当然，这种可能性并不是完全没有，不过概率恐怕很小吧。假设这只黑猫其实是被卷进了饲主与凶手之间的争执才受伤，朝这个方向去想反而更有说服力。它大概是被人踩到脚，或是被人一脚踢飞了吧。总而言之，这只猫碰巧出现在杀人现场，并且受到了牵连。那么，在凌晨一点案发当时，这只猫到底在哪里呢？在别府！这只猫正和被害人一起睡在别府的寝室里！如果案发现场是在别府寝室以外的地方，这只猫应该不会受伤才对！也就是说，别府的寝室可以确定为案发现场！怎么样啊，宝生？我的推理绝对错不了的！"

"妈妈！大、大哥哥好可怕……"

目睹风祭警部异样的"魄力"后，里香哭着紧紧抱住美奈子。

太好了。就算下次又被不认识的大哥哥搭讪，这女孩大概再也不敢随便回话了吧。

5

当天晚上，回到宝生家的丽子松开上班时绑起来的头发，摘下工作用的黑框眼镜，然后脱掉黑色套装，换上了纯白的连衣裙。夜晚对丽子而言十分重要。在这段宝贵的时间里，她可以暂时忘却刑警的身份，变回富家千金。

丽子享用过晚餐的鸭肉后，来到久违的位于庭院一角的蔷薇花园。话说宝生家的庭院大到连园艺师都会迷路，单以蔷薇花园来说，面积就已经大得非比寻常。而且进入初夏时节，适逢蔷薇花季，整座蔷薇花园都被绚丽的色彩与浓厚的香气所围绕。

"啊啊，怎么会这么美呢？还有这股香气，简直就像是——"简直就像是今天早上发现尸体的现场一样。一察觉自己的思绪突然被拉回现实世界中，丽子忍不住叹了口气。看来现在果然还是没有悠闲赏花的心情啊。就在这个时候——

"确实十分美丽，"管家影山直挺挺地站在一旁，用银框眼镜底下聪颖的双眸注视着丽子，"不过，无论是多么美丽的蔷薇，在今晚大小姐的美貌之前，恐怕都会相形失色了吧。"影山说出了最高等级的赞美之词。

"哎呀,影山,你也真是的,讲话怎么那么实在啊——"

"不敢当。"影山带着淡然处之的表情,恭敬地低头行礼。

这个名叫影山的男人,是受雇于宝生家的管家兼司机,也是丽子忠实的仆人。虽说他已经当上管家一职,但年纪还很轻,大概跟风祭警部差不多。修长的身材配上银框眼镜,外表上看起来好像非常值得信赖。不过实际上却并非如此。他明明只是个下人,有时却突然会表现出令人十分不快的态度,或是说出狂妄不逊的话语,让丽子伤透脑筋。就某方面来说,算是个很难应付的人物。尽管如此,由于他具备了相当优异的才干,因此丽子无法开除他——

"唉,影山,我有些事情想问你,"丽子一边走在蔷薇花园的步道上,一边装出漫不经心的模样,小心地切入正题,"我是说假如哦,假如发生了一起杀人事件,而被害人的尸体在距离杀人现场五十米远的蔷薇花园中被人发现的话,凶手这样故弄玄虚的目的到底是什么呢?"

"大小姐,"管家眼镜底下的双眸瞬间露出异样的光芒,"那究竟是什么时候,又是在哪里发生的事件呢?"

"我不是跟你说了是假设吗!"

"请恕在下失礼,既然您会描述得那么具体,那就必定是实际发生在某个地方的事件了。毕竟,大小姐您并不擅长说谎,"这么断言之后,影山面不改色地一语道破,"又有新的事件发生了,是吗?"

"呃,对啦,"这个"漫不经心作战"果然打从一开始就不可能成功啊,"今天早上尸体刚被发现,不过实际的案发时间是在深夜。"

"果然是这样啊,"影山无奈地叹了口气,"大小姐当上了刑警之后，这一带也变得很不平静呢——老爷时常这么感叹着。"

"噢，是吗？"真是的，父亲到底又说了些什么啊？"城市变得很不平静，又不是因为我的关系，所以不要担心，就这样帮我转达给父亲吧。"

"是，"影山深深地鞠躬行礼之后，又抬起头来，"不过话说回来，您好像正为什么难解的事件所苦恼的样子。如果方便的话，不妨告诉影山详细情况——"

"不要！绝对不要！"丽子背过身子，坚决表达拒绝的意志，"'大小姐的眼睛是瞎了吗？'——反正你又要这么说对吧？这种事情我可不干。再说，就算不借助你的力量，这点难度的案件，光靠我们自己就能解决了。毕竟我们可是专家呢！"

"当然，您说得是。日本的警察非常优秀。向相关人员和周边居民反复打听询问个五十次一百次，仔细研究市民好意提供的多达上百条的情报，花上几天几十天用科学方式分析现场采集到的证据，传唤一个又一个的嫌犯到场说明，像这样彻底地调查过后，总有一天，一定会找到那个唯一的真相。的确，像我这样的外行人没有出场的余地——"

"我马上详细告诉你，给我听清楚了！"

"谨遵大小姐您的吩咐。"

到头来，丽子还是想要借助影山的智慧，所以才一直无法开除他。

过了不久——

丽子把事件的详情说过一遍之后，影山马上开始表达自己的见解。

"风祭警部的推理恐怕是正确的。高原恭子的确在别府遭到杀害,黑猫则是在当时受到了牵连。而且在那之后,凶手还特地将尸体运送到蔷薇花园里——不过这里有一点让我感到很奇怪,那就是凶手为什么非得选择蔷薇不可。"

"凶手为什么非得选择蔷薇不可?——这话是什么意思?"

"是。在下听大小姐的描述,藤仓家的庭院里,除了蔷薇以外,还种着各式各样的花卉。在这之中,凶手为什么刻意选择了蔷薇花园,而不是杜鹃花丛,更不是三色堇与香豌豆花的花坛呢?从别府的位置来看,蔷薇花园可以说距离十分遥远。为什么不选择别府旁边的花坛或是花丛呢?其中应该有个'不得不选择蔷薇'的理由才是。那么,其他花没有,唯独蔷薇才有的东西,究竟是什么呢?"

"其他花没有,唯独蔷薇才有的东西——啊,是那个!"当丽子欣赏着周围盛开的大红色花朵时,脑海里闪过了几个念头。说起蔷薇,那当然就是——"是'热情'啊!激昂如火的红色'热情'!将身心都焚烧殆尽的'爱'之火!凶手一定是深爱着高原恭子!凶手是因为爱,才杀害了高原恭子,并将尸体平放在蔷薇床上!没错,盛开的蔷薇毫无疑问是'爱情'的证明……"

"咳!"管家影山故意清了清嗓子,借此打断丽子的妄想。

"很遗憾,我说的并不是'热情'或'爱'那种抽象的东西,而是更为具体的事物。"

"什么嘛,我猜错了啊?原本还以为,这次难得碰上了一桩罗曼蒂克的事件呢。那么,你说的到底是什么?"

"请恕我失礼，大小姐，"影山直挺挺地站在丽子身旁，并以无比认真的语气这么说道，"连这么简单的事情都想不到，大小姐这样也算得上是专业的刑警吗？老实说，您的水平比一窍不通的外行人还要低啊。"

丽子内心充满了屈辱与羞愧。又被这个男人愚弄了。这次他摆明了说她"没资格当刑警，比外行人还要不如"。正因为丽子时时刻刻都小心地提防着影山的狂妄发言，她才更是觉得不甘心。为了不让影山看穿自己内心的动摇，丽子装出一副什么也没听到的样子，静静地观赏着蔷薇。不过她的背影却因为愤怒而不断颤抖着。

"失敬……如果惹您生气的话，那真是非常抱歉，大小姐，"影山以战战兢兢的语气道歉，"毕竟，在下是个讲话很实在的人……"

"就算讲话很实在好了，有些话也不能说啊！"

丽子心中顿时升起一股冲动，想要把这个管家头下脚上地扔进眼前的蔷薇花丛里。蔷薇的棘刺一定会把他的脸和衣服刺得千疮百孔、惨不忍睹吧。啊啊，对了。是棘刺。说起其他花没有，但是蔷薇有的东西，肯定是棘刺啊。"热情"或者"爱意"都得在后头排队。

"我懂了。你想说的是棘刺吧。"

"正是如此，"管家恭敬地低下了头，"大小姐真不愧是专业刑警，理解得真快——"

"那种慢半拍的恭维就免了，继续说下去。蔷薇的棘刺怎么了？"

"是。蔷薇的棘刺在这起事件当中，究竟发挥了什么样的功能呢？光听大小姐的描述只能知道一件事情。那就是蔷薇的棘刺剐伤了发现尸体的男人们的手背。就只有这样而已。事实上，这也正是凶手的目的。"

"这话是什么意思？"

"据我推测，这应该是巧妙地利用蔷薇棘刺来做伪装。"

"伪装？"

"正是如此，"影山轻轻地扶了扶眼镜边框之后，接着说下去，"简单地说，凶手的手背上有着不想让人知道的伤痕。可是手背上的伤非得戴上手套才能隐藏。偏偏现在又不是戴手套的季节，于是凶手心生一计，将尸体搬到蔷薇花园里的蔷薇床上。到了隔天早上，在发现尸体的混乱场面当中，凶手得到了可以自然接触尸体的机会。在那个时刻，凶手表面上假装接触尸体，但实际上却是用力地把自己的手往茂盛的蔷薇花丛里塞。如此一来，手背当然就会被蔷薇的棘刺弄得伤痕累累了。这么一来，手背上原本不想让别人发现的伤痕，就会被后来刻意造成的许多伤痕给掩盖，变得不那么醒目了。我认为这正是凶手的目的。"

"噢。"虽然影山的推论不算是什么超乎想象的大发现，不过这样的确可以解释凶手为什么要把尸体搬运到蔷薇花园里。丽子感兴趣地问道："那么，究竟是什么呢？我指的是凶手手背上原本就有的'不想让别人发现的伤'。"

"当然，那个伤痕必定和蔷薇的棘刺所造成的伤痕十分相似。而且对凶手而言，那很有可能会成为字面上所说的'致命伤'。因为那个伤痕可以证明该名人物曾经出现在杀人现场。这样您明白了吗?"

"可以证明某人曾经出现在杀人现场的伤痕……"听了影山的话后,丽子的脑海里模糊地浮现出一些东西。案发当时,待在现场的只有被害人与凶手,还有那个。

"该不会是那只黑猫吧?凶手被那只黑猫抓伤——对了,'不想让别人发现的伤'就是猫的抓伤!"

蔷薇棘刺与黑猫的爪子。虽然这两者外观截然不同,但是光看伤痕是分辨不出来的。

"正是如此。凶手的手背上有被害人饲养的黑猫所留下的抓伤。然后就如同'藏木于林'这句成语形容的一样,凶手试图把猫爪造成的抓伤藏在蔷薇棘刺造成的剐伤之中。"

6

"总而言之,黑猫受到杀人事件的波及,弄伤了前脚,相对的,凶手也在杀害高原恭子的扭打过程中,被黑猫抓伤了手背。凶手一定会想说这下糟了,毕竟猫的爪痕非常显眼。而且,更麻烦的是,凶手作案前一直都在打麻将。打牌的时候大家都看得到那个人的手背。如果打牌的时候手背都是好好的没事,偏偏隔天发现高原恭子的尸体时,手背上意外出现了像是猫爪留下的伤痕,到时候又该怎么办呢?高原恭子很喜欢猫,每天晚上都抱着黑猫睡觉,藤仓家所有人都知道这件事情。一见到那个人手背上的伤,任谁都会马上联想到高原恭子的死吧。因此凶手是谁就当场曝光了。"

"为了避免这种情况发生,凶手才刻意将尸体运送到蔷薇花园里,并将尸体平放在蔷薇床上。到了隔天早上,再以尸体发现者之一的身份触碰尸体与蔷薇,故意把自己的手背弄得伤痕累累。推理得好啊,影山!你只当个管家真是太可惜了。"

"不敢当。"管家弯下修长的身躯行礼致意。

"所以嫌犯是手背上有伤的三位男性——藤仓幸三郎、藤仓雅彦,还有寺冈裕二啰。那么真凶到底是谁呢?"

面对急于得到结论的丽子,影山还是按部就班地继续说明。

"首先,凶手并不是藤仓幸三郎。因为幸三郎没有必要把尸体运送到蔷薇花园里。"

"这话是什么意思?"

"幸三郎原本就有栽培蔷薇的兴趣,平常双手总是伤痕不断。这样一来,假使被黑猫给抓伤了,伤痕大概也不会太显眼吧。就算很显眼,只要他说这是'在玩赏蔷薇的时候受的伤'就没有人会怀疑了。毕竟幸三郎每天只要一有时间,就会跑到蔷薇花园去,以他的立场来说,要撒这种谎是很容易的事。因此,如果他是凶手的话,就不需要大费周章地将尸体搬运到蔷薇花园里。"

"的确,幸三郎不像是凶手。那么就是剩下来的另外两人,藤仓雅彦和寺冈裕二啰。"

"是的,真凶就是这两人的其中之一。您还不明白吗,大小姐?"

"不明白啦,"丽子像是束手无策似的左右摇了摇头,"毕竟搬运尸体是件苦差事,就体力来说,或许是寺冈裕二比较有利。可是雅彦也才四十几岁——而且，凶手好像还使用了文代的轮椅来搬运尸体，所以，体力差距并不具有实质上的意义。"

"是的，就是这点，"管家竖起了一根手指，"凶手真的利用了文代的轮椅来搬运尸体吗？"

"那不会有错吧，毕竟有美奈子的证词。"

"可是，美奈子只说，她在深夜里从宅邸的二楼看到了有人推着轮椅穿过庭院而已。她并没有在近距离仔细确认过。因此，证词的真实性还有待商榷。事实上，美奈子甚至还误认为那是坐在轮椅上的文代，还有推着轮椅的幸三郎。"

"话是这么说没错啦，你到底想说什么呢？"

"我认为凶手并不是使用文代的轮椅来搬运尸体的。"

"咦？可是这样的话……"

"请您仔细想想，大小姐。如果要借用文代的轮椅，那么凶手势必得偷偷潜入文代的寝室里。那时候文代是睡得很熟呢，还是躺在床上还没睡着呢？这点凶手根本无从得知。在这种不确定的情况下，凶手不可能不管三七二十一就擅自闯进文代的寝室。毕竟有轮椅这项工具固然方便，但是没有轮椅也不会有什么大碍，对凶手来说，轮椅其实是可有可无的工具罢了。"

"对啊，就算没有轮椅，也能扛着尸体，或者是拖着走。雅彦和寺冈的体力应该都办得到才对，没有必要特地冒着风险，非得借用文代的轮椅不可——可是这就怪了。美奈子在凌晨一点左右看到的轮椅又该怎么解释？难不成美奈子看到的是幻觉吗？"

"不，那并不是幻觉。美奈子确实看到了凶手将尸体运到蔷薇花园的景象。只不过，凶手推的并不是文代的轮椅。"

"如果不是文代的轮椅，那又会是谁的？藤仓家只有一台轮椅哦。"

"解开这谜题的关键还是在那只黑猫身上。"

"嗯……"丽子从来都不知道，原来那只黑猫从头到尾都是如此重要，"这话是什么意思？"

"根据大小姐的说法，黑猫从案发隔天早上起，就一直下落不明。然后里香小妹妹在后院的仓库小屋里，发现了正在哀叫的黑猫。问题就在这里。这只黑猫是如何进入仓库小屋的呢？它绝不可能自己拉开仓库的拉门，又自己把门给关上才对。"

"哎哟，这你就有所不知了。聪明的猫咪可以灵巧地靠自己的力量把门打开，电视上的宠物节目不是时常播出这种画面吗？而且，黑猫也有可能是从窗户爬进去的啊。"

"唉唉，大小姐……"影山从眼镜底下对丽子投以怜悯的视线，"黑猫的右前脚已经受伤了。用三只脚勉强步行的猫，该如何灵巧地打开门呢？又该如何从窗户爬进去呢？就是因为连这点小事都看不出来，大小姐才会被人侮辱说'您这样也算专业的刑警吗？简直是个超级大外行'，因而感到心情不快啊。"

"那个侮辱我、让我感到不快的人就是你啦！"

"这件事暂且搁在一旁不提，"影山完全无视丽子的抗议，就这样淡定地继续说道，"脚受伤的猫，无法自己进入仓库里。这样一来，可能性只有两种，要不是有谁故意把猫关在仓库里，就是猫趁着谁进出仓库的时候闯了进去。"

"的确是这样没错,"丽子心不甘情不愿地点了点头,"可是故意把猫关在仓库里有什么意义吗?难不成手被抓伤的凶手生气了,所以把猫关在仓库里作为惩罚吗?不可能吧。这么做又没有意义。"

"我也是这么认为。所以第二个推论才是正确的。也就是某个人来到仓库、打开拉门的时候,黑猫擅自闯进了仓库里。从黑猫的脚受伤了这点来看,那必然是凌晨一点案发之后的事情。而考虑到隔天早上黑猫一直行踪不明,进入仓库的时间恐怕是在深夜吧。"

"也就是说,有人在深夜里来到了仓库。而那个人就是凶手啰。"

"是的。饲主遭到杀害之后,黑猫偷偷跟着凶手,并且潜入仓库里,想要告诉我们事件的真相呢。说句题外话,黑猫是种非常可怕的生物,就如同爱伦·坡小说中所描写的,它会以意想不到的形式报复伤害了自己的人。说不定,高原恭子的黑猫就是爱伦·坡笔下黑猫的子孙呢……"

"别说了,我讨厌恐怖怪谈,"丽子用双手环抱着自己的肩膀,打断了影山的话,"回到正题,凶手去仓库的目的到底是什么呢?"

"虽然这只是我的推测,不过,仓库里应该还有可以用来搬运尸体的工具才对。凶手去仓库的目的就是这个。"

"可以用来搬运尸体的工具?仓库里有这种东西吗?"

"是的。听大小姐的描述,您往藤仓家的仓库里窥探时,看到那里有婴儿床和木马对吧?"

"是啊,我是看到了。那又怎么样?婴儿床和木马可不能拿来搬运尸体呀。"

丽子不明就里地反问道。影山像是打从心坎里感到遗憾似的缓缓摇了摇头。

"大小姐，真是太可惜了。既然您都已经看到这些东西了，要是能再往仓库里多调查一下就好了。如此一来，您一定能发现凶手用来搬运尸体的婴儿车。"

"你说婴儿车！"

"正是。婴儿车原本是给小婴儿乘坐的东西，不过婴儿车其实比想象中要来得坚固。就算一位身材苗条的女性压上去，也不会那么容易损坏，婴儿车的结构可没有那么脆弱。"

"或许你的推论没错，可是仓库里有这个东西吗？啊啊，对了……就是啊……应该会有的。"

丽子不得不点头认同。藤仓里香今年五岁。换句话说，那女孩在几年前还需要乘坐婴儿车。而母亲美奈子才三十五岁，未来还很有机会怀第二胎。所以他们才没有把婴儿床和玩具给扔掉，而是收纳在仓库里。这样一来，婴儿车应该也同样放在仓库的某个角落才对。凶手就是去仓库拿婴儿车，用它来搬运尸体。

"的确，对凶手来说，比起从文代的寝室里拿走轮椅，使用仓库里的婴儿车反而更安全稳当。所以说，美奈子目击到的，是凶手将高原恭子的尸体放在婴儿车上，然后运到蔷薇花园的那一幕啰？"

"是的。光是从远处看身影的话，很难分辨得出凶手是推着婴儿车还是轮椅。就算是看惯了坐轮椅的文代，美奈子还是有可能会误把婴儿车的轮廓错看成轮椅，那也不能怪她。"

"你说的确实有道理，"丽子点点头像是完全了解了，然后又再度关注那丝毫没有进展的现实，"那么，凶手到底是谁啊？"

嫌犯有两人，藤仓雅彦与寺冈裕二。这情况一点都没有改变。

"哎呀，您还不明白吗，大小姐？凶手是谁，真是再明显不过了。"

影山故意摆出游刃有余的态度，就这样展开他最后的说明。

"凶手的手背被黑猫的爪子抓伤了，为了掩饰伤痕，他把尸体运到蔷薇花园里。这对凶手来说，肯定不在预期之中。在这种情况下，凶手灵机一动，拿出了沉睡在仓库内的婴儿车，并用它来搬运尸体。这种事情，寺冈裕二有可能办到吗？不，那是不可能的。虽说寺冈裕二是藤仓家的亲戚，但自从大学时代以后，他已经有十二年没有造访过藤仓家的宅邸了。这种人怎么可能知道收纳婴儿车的地方在哪里呢？如果寺冈裕二是凶手的话，他根本不会去找什么婴儿车，还不如自己扛着尸体运到蔷薇花园里来得比较快。所以寺冈裕二并不是凶手。"

"也就是说，凶手是藤仓雅彦——因为只有他，最清楚自己女儿使用过的婴儿车放在哪里。"

丽子喃喃说完后，一旁的影山静静地低头致意。

"正如您所说的，大小姐。"

然后影山在"终究只是想象"的前提下，试着推测凶手的杀人动机。

"高原恭子在从事特种行业的时候，大概曾经和雅彦有过一段不能见光的关系吧。这样的她，却要成为藤仓家的一员，这对身为女婿的雅彦来说，是相当大的威胁。两人昨晚因为这件事情，在别府起了争执，最后意外发展成杀人事件——我认为，这就是这起事件的始末。"

仿佛试图要抹去管家所说的话一般，五月的风吹拂过蔷薇花园，带来阵阵浓郁的芳香。

明天得和风祭警部一起去找仓库里的婴儿车了。在蔷薇香味的包围下，丽子脑中却想着这件事情。

第四部 新娘身陷密室之中

1

"六月新娘（June Bride）——听说,在六月结婚的新娘会得到幸福,这是源自英国的传说。在气候阴郁的英国,六月是晴天比较多的月份。所以在六月举行婚礼的新人是很幸福的。不过那可不适用于日本。说起六月的日本,就想到雨季啊,也就是一整年里天气最差的时节。可是特地选在六月举行婚礼的人还是络绎不绝,真令人难以理解。而且那个有里居然要结婚了——"

"我能体会您的心情,大小姐,"驾驶座上的影山面对前方,用一副什么都了解的语气回答道,"简单地说,大小姐怎么样也无法接受朋友竟然比自己早结婚——"

"我才没有这么说！"

坐在后座的宝生丽子露出生气的表情,并透过后照镜瞪着影山的脸。影山年纪大约三十多岁,是个脸上戴着银框眼镜、身材修长的男性。一身黑色燕尾服配上蝴蝶领结的复古打扮,看起来像极了受邀参加婚礼的宾客,但实际上受邀的当然不是他。受邀参加有里婚礼的,只有丽子一个人。影山只不过是开车接送丽子的管家兼司机罢了。他的燕尾服也不是特地为了参加典礼而穿的,而是管家制服。

"那么,大小姐到底有什么不满呢?您从刚才起就一直闷闷不乐的样子。"

"你说谁闷闷不乐,谁啊?"丽子愤愤地将头转向窗户,眺望着被六月雨水淋湿的街景,"我只是觉得在下雨天举行婚礼很讨厌而已。"

虽然丽子想要这样搪塞过去,但影山却完全说中了丽子的心声。丽子从没想过有里会比自己早结婚。有里比丽子小三岁,是念同一所大学的学妹。虽然两人同为资产家的女儿,身家背景十分相似,但站在公正的角度来看,丽子的成绩比有里要优秀一点,外表也要漂亮一些,还有异性缘也更好一点——不,是好很多,远比有里要好多了,怎么想都是丽子比较受欢迎!可是为什么会这样?

莫非问题真的是出在毕业后选择的职业吗?丽子不经意地这么想。毕竟对方是在家中帮忙家务,自己却跑去国立署当刑警。说起平常围绕在丽子身边的男性,只有那个随时展现优越感的风祭警部,以及一群粗鲁的刑警同事。再不然就是凶恶的罪犯,还有一个老是爱顶嘴的管家——

"唉……"

"您怎么了,大小姐?"

"不,什么事也没有,"丽子连忙摇了摇头,接着,仿佛是要宣示身为大小姐的威严一般,她下了一道蛮横无理的命令,"好了,影山,在安全驾驶的前提下尽量狂飙吧。要是再慢吞吞的话,可就赶不上婚礼了。"

影山照丽子所说的踩下油门。载着两人的豪华礼车加快速度,在中央高速公路上往东京都心方向疾驰。

目的地是港区白金台。不过他们现在并不是要前往专门举办婚礼的会场。送来的请帖上写着会场地址,其实就是新娘那位于白金台的自家宅邸。也就是所谓的自宅婚礼,有钱又有时间的名媛们特别喜欢举办这种婚礼。对于有钱却没有时间的年轻女刑警来说,那是个让人既羡慕又火大的构想。

"泽村家的宅邸真的大到可以举办婚礼吗?"

"不,其实很小哦。大概只有我家的一半吧。"

"如果是宝生家一半的话,那也算是够大的宅邸了,大小姐。"

影山纠正了丽子的偏差价值观。说起丽子的父亲,宝生清太郎,他可是当代财阀"宝生集团"的总裁。因此宝生家位于国立市的宅邸,占地辽阔到甚至会让人感到可笑。

"泽村家的宅邸,其实以前是属于西园寺家的。你知道西园寺家吗?以前新闻上不是常提到一家叫'西园寺制铁'的钢铁公司吗?虽然那家公司已经和其他公司合并而改了其他名字,西园寺家也从此抽手不再经营了,但是宅邸本身还是跟以前一样,十分气派呢。"

"可是,那栋宅邸为什么住着泽村家的人呢?"

"泽村家是西园寺家的亲戚。这事不好大声张扬,其实西园寺家就是所谓没落的名门世家。现在还继承着西园寺这个姓氏的,只剩下琴江女士这位年过六十的女士而已。她这么多年来从未结过婚，也没有生过小孩，所以真的是孤家寡人。正因为这样维持宅邸开支会有困难，所以才请有亲戚关系的泽村家搬过来一起住。所以，现在与其说是西园寺家的宅邸，倒不如说是泽村家的宅邸才对。"

"那个泽村家又是做什么的呢？"

"经营餐厅啊。有里的母亲——孝子女士拥有好几家高级餐厅。我父亲也是那里的常客，全家都和泽村家有往来。孝子女士有三个小孩，有里是长女。再就是念大学的长男，名叫佑介。最小的是念高中的美幸。"

"您还没提到父亲的名字呢。"

"有里的父亲好像在她小时候就过世了。所以加上西园寺家的琴江女士在内，住在宅邸里的就只有这五个人而已。啊，不过我听说还有个管家也住在那里。"

"管家是吗？那真是太好了。请务必让我和对方见上一面！"

濒临绝种的珍禽异兽意外发现同类时，一定也会像他这样感到欢欣雀跃吧，丽子感慨地这么想。

"听说那位管家有长达五十年的时间都在西园寺家服务，是个老手中的老手呢。"

当丽子说着这些话的时候，载着她的豪华礼车从高速公路驶向一般道路。在大楼之间开着开着，周围的景色不知不觉变成了气氛幽雅沉静的高级住宅区。雅致的房子像是互相竞争似的沿着平缓的斜坡排列在一起。就像是脑袋里印着地图一般，影山毫不犹豫地驾驶礼车前进。没多久，礼车开上了斜坡，前头突然出现一座门面特别豪华的宅邸。门柱上挂着"泽村"与"西园寺"两块门牌。

"就是这座宅邸吧。"

影山将礼车从敞开的大门直驶进入宅邸的腹地内。停车场上已经停放着好几辆车。虽然每一辆都是毫不逊色的高级轿车，但丽子的凯迪拉克却散发出他人难以相提并论的压迫感。影山一停好车立刻利落地走出驾驶座，以优雅的身段打开后车门。

"大小姐，请。"

"谢谢，"丽子露出满脸笑容下了车，"哎呀，雨好像停了呢。太好了，看来不会弄湿礼服了。"

泛着光泽的酒红色小礼服，以及装饰着缎带的包头淑女鞋，看起来似乎都是全新定做的。为了不抢走新娘的风采，丽子费尽心思不让自己打扮得过于花俏。不过就算再怎么低调，还是免不了会比那个小丫头更引人注目吧？就在丽子傲慢地想着这种事情的时候——

"恭候大驾多时了。"

背后悄悄冒出一道黑影。回头一看，那里站着一位身穿燕尾服的男性。是个拥有一头漂亮的白发、身材瘦削的老绅士。

"在下是西园寺家的管家，敝姓吉田。"白发的管家恭敬地行了一个礼。他始终保持和蔼的态度，表情也很亲切。成熟的低沉嗓音让人听了十分安心。"您是宝生小姐吧？久仰大名。今天非常欢迎您的莅临，请让在下带您到会场去。"

"您真是太客气了——啊，可以等我一下吗？"这么说完后，丽子对自己的管家下令。"影山，你留在车上待命。"

"遵命。"

和嘴里说出来的话相反，他的表情流露出不满的神色，仿佛正诉说着"什么——居然要我看车！"似的。这就是他最不像管家的地方。这时，吉田连忙补充说道："不不不，请您的管家也务必一起来。我们可不能让他在那种地方枯等。"

"哎呀，没关系啦。他就算等五六个小时也无所谓哦，"事实上，在丽子去买东西的时候，他最多曾在车上等了八小时之久，"你无所谓对吧，影山？"

"是的，我无所谓。"不过他脸上的表情却诉说着"请您饶了我吧"。

看到影山这样的处境，不知道是不是感受到了身为同行的悲哀，吉田马上出手解围。

"不，这样会害我被大小姐骂的。而且，虽然说是婚礼，但其实没有那么拘谨，所以请两位一起来吧。"

于是影山露出一副诚惶诚恐的表情。"难得府上举办了如此隆重的婚礼，像我这么卑微的人，实在是不好意思打扰——"在形式上说了些可有可无的客套话。然后他缓缓地转头面向丽子询问说："您觉得呢，大小姐？"同时露出期待着丽子英明决断的表情。

"你在车上待命，"冷淡地这么说完，丽子又补上一句，"骗你的啦，你也一起来吧。"

影山像是得救似的轻呼了一口气。

"那么，就让在下带两位到会场去吧。这边请，请小心脚步。"

管家吉田挺直了背脊，领着两人向前迈步。丽子一边出神地望着他，一边轻声叹气。

"真不愧是西园寺家的管家。沉着稳重，风度翩翩，态度又谦恭有礼，真是太棒了。正牌的果然就是不一样。"

"抱歉，大小姐，"隔着半步距离跟在后头的影山，敏感地反驳丽子的话，"您的意思，该不会是说我是冒牌货吧？太过分了。您这么说真是太过分了。"

"我又没这么说。这只是一种文字上的修辞啦。"

不久，丽子和影山在吉田的引导下，来到了一栋洋房。这栋外墙攀附着常春藤的砖造西式建筑，说好听点，是具有文化历史价值的豪宅，说难听点，则是逐渐腐朽的往日遗迹。

两人经过宽敞的玄关，进入屋内。首先映入眼帘的，是铺了红地毯的大阶梯，让人一时之间误以为自己置身在老电影的布景之中。阶梯尽头有张很久没见过的面孔。

那是一张仍旧散发出少女气息、皮肤白皙娇嫩的娃娃脸。黑色的长发绑在两侧，纯白色上衣配上长及脚踝的长裙，鲜少裸露出肌肤。打扮得十足像个千金小姐的她，正是今天的主角，泽村有里。她一认出阶梯下的丽子，表情立刻像小孩一样明亮了起来。

"哇，丽子姐！你来了啊。"

这么说完后，有里匆匆忙忙地开始跑下楼梯。大概跑到一半时，她自己踩到了长裙的裙摆，整个人往前方扑倒。一行人还没反应过来，泽村家的千金就这样一口气翻滚跌下最后那五六级阶梯。

"哇啊啊啊啊啊啊——"

对于眼前突如其来的惨剧，丽子别过脸不忍目睹。

"有里小姐！"就连原本很冷静的吉田，也惊慌失措地奔向她的身边，"您、您没事吧！"

"嗯、嗯，我没事。吉田先生。"

"呼——"老管家松了口气，"您没事真是太好了。"

"嗯嗯，我一点事也没有。我只是脚稍微撞到，头扭到一下而已——"

"这，我们还是去医院吧！现在立刻去医院进行脑部检查！"老管家的脸色骤变。

"我就说没事嘛，别担心，"有里一边露出失焦的微笑，一边站起身子，然后重新走到丽子面前，"欢迎你来，丽子姐。"

看着有里优雅地点头致意，丽子只能回以僵硬的微笑。

"嗯，嗨，有里，你真是一点也没变呢。"

这可不是在嘲讽她，泽村有里从学生时代就一直是这副德行。甚至让人忍不住心想，她能活到现在真是不可思议。正因为如此，丽子才会怎么样也想不通，她怎么可能结得了婚呢。

"你真的要结婚了吗？跟谁？为什么？"丽子首先把焦点放在这几件事上头，"快点介绍给我认识，快快快！"

可是有里还是老样子，她频频望着站在一旁的影山，开口询问："咦，丽子姐，这位优秀的男士是谁啊？"完全没有把别人的话给听进去，这点也跟以前完全一样。

无可奈何的丽子只好解释说:"他是我的管家。"有里这才露出了恍然大悟的表情。然后她对着影山鞠躬行礼,并且说:"初次见面。"有里鞠躬时弯腰的角度之大,已经超越了一般打招呼的程度。

"初次见面,敝姓影山。今天真是恭喜您了。"

影山也毫不服输地深深低头鞠躬。结束了第一次见面的寒暄之后,有里露出要赶时间的表情。

"两位请好好享受吧。接下来我得去换新娘礼服,所以就此失陪了。之后再聊吧,丽子姐。"

"嗯,待会儿见——啊,有里,"丽子出声叫住正准备冲上阶梯的学妹,"小心婚纱的裙摆哦。"

"放心啦,丽子姐!"

有里朝丽子比了个V字胜利手势,就慌慌张张地冲向二楼,消失了身影。看她那样子,叫人不禁怀疑她是否真的听进了别人的好心忠告。在感到不安的丽子身旁,影山半是佩服地沉吟起来。

"唔——那就是泽村家的大小姐啊,正牌的果然就是不一样。"

"……"如果那样叫做正牌,那我宁可当冒牌货就好,丽子很认真地想着。

2

婚礼在一楼的大厅举行。仪式很简单,只有请神父证婚,还有请家人和亲近的友人参加而已。新郎新娘入场时,一脚踩到了婚纱裙摆的有里又往前扑倒,抱住了眼前的神父,险些就要和神父交换誓约之吻了。虽然发生了这样的小插曲,但仪式大致上还是顺利地进行着。新郎新娘交换了戒指作为婚姻的见证,婚礼就在和睦的气氛中圆满结束了。

紧接着婚礼后头举行的婚宴,是采用自助餐会形式的简单派对。婚礼只有少数人参加,可这场派对则是邀集了许多宾客,客人的数量突然增加不少。大厅里到处都挤满了人。

"丽子姐,跟你介绍一下我的丈夫,"有里换下婚纱,改穿一身轻便的派对用礼服,带着身穿白色燕尾服的丈夫走了过来,"他叫细山照也,是个律师,负责处理泽村家与西园寺家的所有法律问题。照也,这位是宝山丽子。她是个刑警,负责处理国立市一带所有的罪犯。"

没有人用这种方式介绍朋友的吧?丽子轻轻瞪了有里一眼,然后摆出僵硬的笑容向细山打招呼。接着丽子仔细地观察起他的面孔。

"请恕我失陪一下,"不一会儿,丽子向细山这么说道,然后把有里拉到墙边,用窃窃私语的口吻询问她,"怎么会是个大叔啊?"

其实丽子在举行婚礼时就已经注意到了。新郎细山照也的年纪恐怕已经超过了四十岁。那张成熟的脸虽说不算丑,甚至还有点像帅气的男配角。不过他和娃娃脸有里站在一起时,与其说是新郎新娘,还不如说更像是新娘和她的父亲。

"他才不是大叔呢,"然而,有里却带着从容的表情否定了丽子,"他只比我大了十八岁而已。"

"在一般的观念里,那就叫做大叔啊。有里你喜欢年纪大的男人吗?"

"嗯，对啊，"有里很干脆地承认，"我父亲很早就过世了对吧？大概是受了这件事影响，我特别喜欢年纪大的人。十几二十岁的小男生我根本不放在眼里。没有三十岁以上，我才不可能喜欢呢。"

"噢，是这样啊。"以前都不知道呢。难怪在有里看来，影山才会是个"优秀的男士"啊。原来如此，原来如此。"我明白了。我并不是说你们结婚不好，只是看你们岁数差那么多，有点惊讶罢了。"

"哎哟，我这还不算什么啦，丽子姐，你看看我母亲。"

这么说着，有里伸手指向伫立在派对会场中央的母亲——孝子。孝子穿着大红色礼服，就五十多岁的女性而言，这样的装扮显得有些轻浮。她浑身散发出一股特殊的魅力，背后还紧跟着一位年纪大约三十岁左右的男性。

"你猜那个男人是谁呢？"

"该不会是孝子阿姨的男朋友吧？"

"是呀，"有里又很干脆地点了点头，"他是滨崎先生，在我家经营的餐厅里工作，是个非常优秀的厨师哦。你一看就知道，母亲非常迷恋滨崎先生。说不定不久之后他们真的会结婚呢。"

"噢，原来是这样。"毕竟先生过世这么久了，孝子就算再结一次婚也没什么好奇怪的。如果两人真的变成夫妻的话，年龄差距就在二十岁以上了。的确，和那一对恋人相比，有里和细山照也的年龄差距，也就不值得大惊小怪了——当然啦，老是提起年龄差距这问题也不礼貌，就别在意这个了。俗话说年龄不是问题，她要爱上谁，不是丽子能够过问的。

"总之，祝你幸福，有里。"

得到了丽子的祝福，有里回了一句"谢谢"之后，便回到她心爱的达令身边了。

就在丽子目送有里离开的时候，背后突然有个人跟她搭腔。

"咦，丽子小姐，结婚的时候，为什么要对最幸福的人说'祝你幸福'呢？你不觉得很不可思议吗？"

丽子吓了一跳，回头一看，站在那里的是个手里拿着红酒高脚杯的青年——那是有里的弟弟，泽村佑介。他的脸颊微微泛红，看来已经喝了不少酒的样子。不擅长应付醉汉的丽子露出客套的微笑之后，佑介又滔滔不绝地接着说下去。

"当然，不是所有婚姻都能进展得很顺利，其中也有不幸的婚姻。正因为如此，大家才会说'祝你幸福'吧。不过如此一来，'祝你幸福'这句祝福，不就等于是在推测这段婚姻很可能会变成'不幸又失败的婚姻生活'吗？这么一想，'祝你幸福'其实是句非常不吉利的话呢——好，就这么办，我也来对那家伙说句'祝你幸福'吧，就用挖苦的语气。"

这么说完之后，佑介准备向新郎细山照也发动突袭。就在这个时候，另一位女性从旁边拦住了他。纤细的身材套着一件雅致的白色连身洋装，这是佑介的妹妹泽村美幸。

"不行哦，哥哥。难得一场好好的婚宴，你就诚心诚意地祝福他们嘛，"美幸从后面抓着佑介的脖子，就这样把他拖回丽子身旁，"对不起，丽子姐，哥哥喝醉了，所以变得比平常还笨呢。"

丽子不太清楚平常的佑介应该是什么样子，不过既然妹妹都这么说了，平常的他，应该比现在还要再聪明一点吧。

"原来佑介不赞成这桩婚事啊。啊，该不会是因为姐姐被抢走了，而感到寂寞吧？"

"才不是呢。哥哥是不甘心财产被人给抢走了。我说得没错吧，哥哥？"

"当然，"佑介并没有否定妹妹所说的话，"丽子小姐，那个姓细山的男人，是冲着泽村家的财产来的。那家伙原本跑去讨好西园寺家的琴江阿姨，受到青睐而当上了顾问律师。不过一得知西园寺家没几个钱之后，那家伙又把目光转向泽村家的财产。于是他巧言令色地哄骗姐姐，最后终于走到了结婚这一步。这段婚姻里才没有什么爱情呢。唉，可是姐姐却不知道自己被那个男人利用了，因为她很笨！"

"笨的人是哥哥吧。连续剧未免也看太多了。"

"不过啊，现实生活中，也是会发生像连续剧一样的事情呀，一旦变得像我们这么有钱之后——唉唉，算了。话说回来，美幸，你明天不是要考试吗？回二楼念书去吧。好了，你很碍事，走开，去去。"

面对佑介像是赶狗般的态度，美幸不满地回了句"是是是"之后，便离开了大厅。目送妹妹离去之后，佑介又转头面向这边说："丽子小姐，碍事的人已经消失啦，"并且近乎无耻地将脸凑近丽子，"虽然对姐姐的婚事感到不满，不过正因为婚礼，我才能见到久违的丽子小姐。接下来，我们要不要两个人单独聊聊啊？"

"可以是可以啦——不过你不是在担心你姐姐吗？"

"其实姐姐怎么样都无所谓。我真正在乎的,是你——"

真是无情的弟弟啊。虽然丽子觉得眼前的他才是最碍事的人,不过还不到要赏他一记耳光的地步。假如他敢随便乱摸的话,那干脆把他逮捕起来好了——正当丽子想着这种事情的时候,一位身穿礼服的男性突然接近,介入两人之间。是影山。他像是偶然绊倒般撞飞了佑介的身体,然后顺势抓着丽子的手腕,把她硬拉到房间的另一角。

"等等,你在干什么啊,影山?"

"老爷很担心呢,"影山用劝导的口吻说道,"老爷常说,大小姐会不会被冲着宝生家财产而来的坏男人给哄骗逼婚了。又担心大小姐完全没有发现被那个男人利用了,就这样糊里糊涂地答应了没有爱情的婚事——"

"哎呀,没想到父亲也很喜欢看连续剧是吧。真是个让人伤脑筋的父亲啊,"丽子轻轻地叹了口气,然后扯开嗓子说,"那又如何呢,担心这种事情又有什么用呢?难不成,要叫我完全不跟男人说话吗?要是因为担心过度,害我错过了适婚年龄,到了四五十岁都还嫁不出去的话,你说该怎么办——啊!"

丽子话还没说完就赶紧掩住了嘴,并且转过身子面向墙壁。丽子古怪的举动让影山讶异不解。

"您怎么了,大小姐?"

"影山,替我看一下,"丽子用手指比向自己背后,"墙边有个身穿和服、气质优雅的女士吧。她是不是在看我这边?看起来有没有很不开心?"

"不,那位女士正独自一人静静地喝着饮料。怎么了吗?"

丽子松了口气,才重新转向前方,然后斜眼望着伫立在墙边的老妇人,悄悄地说:"那位是西园寺家的琴江女士啊。我在车上跟你说过了吧。"

"噢噢,您说西园寺家仅存的最后一人啊。就是过了花甲之年还保持单身的——"

"哇,笨蛋!你说得太大声了!"

就算丽子制止也是枉然,影山的声音看来已经传进西园寺琴江的耳里了。只见西园寺琴江用箭矢般冰冷的视线朝两人射来。

丽子和影山一起转身面向墙壁。

在派对开始之后过了大约一个小时左右,丽子突然发现一件怪事。那就是今天的主角——新娘泽村有里,不知何时起,从会场消失了。觉得纳闷的丽子找来管家吉田。

"哎呀,刚才应该还在啊,"结果吉田也露出了讶异的表情,"要问问细山先生吗?"

"也好。"丽子点点头后,便跟着吉田一起走向新郎细山照也身边。新郎正一个人被客人包围着谈天说笑。大概今天不断有人向他劝酒吧,只见他的脸涨红得像是熟透的柿子。丽子询问有里为什么不在,然后细山给了个出乎意料的答案。

"她好像喝多了,身体不太舒服,现在正在自己的房间里休息呢。放心,不会有事的。她只是去醒醒酒而已,马上就会回来的。"

细山照也一副没有把事情想得太严重的样子,又继续和客人们聊天。

可是丽子却担心起来。真的是因为喝多了吗？毕竟有里几个小时前，刚从玄关的大阶梯上重重地摔了下来。虽然当时她露出了好像没事般的表情，但随着时间推移，说不定当时的伤势恶化。感到不安的丽子，向伫立在一旁的老管家问道：

"我去看看有里的情况，她的房间在哪里？"

"那么我也一起去吧。请往这边走。"

丽子和吉田一起离开大厅。两人先来到玄关的前厅，然后再登上大阶梯，前往二楼。

"上楼之后向右走，就是有里小姐的房间了——"

一阵像是女性惨叫的声音响起，打断了吉田的话。那是有里的声音，丽子马上就听出来了。丽子推开吉田，冲上阶梯，并且用拳头敲打着阶梯右侧的房间。"有里，你怎么了？有里！"

可是坚固厚重的木门只发出低沉的捶打声，里头并没有传来回应。虽然丽子试着转动门把，可是门似乎从里面上了锁，连动都不动一下。于是丽子向吉田询问是否有备份钥匙。

"备份钥匙在我房间的保险箱里。我这就去拿过来，请您稍等！"

吉田以超乎年纪的灵敏动作冲下了楼梯。独自留在走廊上的丽子则是继续敲门，并且不断呼喊着应该在里面的好友。然而有里还是没有回答。难熬的时间一分一秒地过去，吉田总算拿着一把钥匙再度出现了。丽子几乎是用抢的从他手上接过钥匙，立刻插进钥匙孔内。钥匙顺利转动开锁，丽子焦急地推开了门。

她让视线迅速扫过整个房间,她看到了大大敞开的窗户、随风摇曳的窗帘,还有放在窗边的床——以及倒在上头的有里。

"啊啊!"丽子忍不住大叫。

在有里的白纱礼服背部,鲜红色的污渍像是地图一般扩散开来。丽子完全搞不清楚状况,赶紧拔腿冲向有里的身边。从近距离一看,在她背上扩散开来的无疑就是红色的鲜血。枕头附近则躺着一把刀刃被染红的刀子。

"大小姐,您怎么了!"在丽子的背后,吉田打从心底感到惊慌地大叫。就连平时冷静沉着的管家,也难掩心中的激动。

丽子怀着祈祷的心情握住有里的手腕。幸好还有脉搏。

"太好了!她没死,真是太好了,"丽子抓着有里软弱无力的身体,摇晃着她,"你振作点,有里!发生什么事了?是谁干的?"

"啊,丽、丽子姐……我、我……"

"不可以说话!你可是受了重伤啊!"

"那么……你就……别问我啊……"

"……"抱歉,的确是这样没错。我太激动了,说起话来都变得语无伦次——

面对这种情况,身为刑警的自己更需要冷静下来才对,丽子重新整理思绪。总之,要先止血,丽子拿毛毯按住有里背上的伤口。虽然背部的伤还不至于致命,但无疑是非常严重的创伤。尽管她想马上拿手机打120,但盛装打扮的丽子手边却没有手机这种煞风景的东西。

就在这个时候,背后响起了两人以上的脚步声。

丽子回头望向门口。在房门口有两位妇人与一位男性。那是西园寺琴江和泽村孝子，以及孝子的儿子佑介。

"怎么了？"佑介喘着气说，"发生了什么事吗？"

虽然佑介看到了有里，但是却看不到被毛毯压住的伤口。他似乎还不知道事情有多严重的样子。

这时，晚了一步的影山也赶到了。"怎么回事？"

他似乎也很早就听到了骚动声，所以快步飞奔而来。房间内一下子就多了许多人。

然后隔壁房间也传来开门的声音，又有一个人走进了房间。

"喂，到底在吵什么啊？吵到我都念不下书了。琴江阿姨怎么了？"

是泽村美幸。妹妹美幸似乎在有里隔壁的房间念书的样子。

"笨蛋，不是琴江阿姨，是姐姐，"纠正了妹妹的错误后，佑介一边走近丽子一边说，"怎么了，丽子小姐？姐姐身体有那么不舒服吗？"

完全不了解状况的佑介，草率地想要走进房间。要是案发现场被破坏就糟了，丽子这么判断之后，凝聚她所有的威严大声叫道：

"不要再靠过来了，佑介！其他人也是！这里发生案件了。详细情况等一下再说，快点！"

不知道是不是丽子的魄力奏效了，佑介往后倒退了两三步。一行人之间弥漫着跟之前截然不同的紧张感。在那一瞬间，吉田仿佛突然想起了自己的重要职责，表情一变，转过身来将双臂朝左右伸开。

"各位，请照宝生小姐所说的做吧。宝生小姐是警察，这里还是交给她会比较好。"

一行人被吉田推着离开房间，被赶到了走廊上。丽子谢过吉田的协助后，便把自己忠实的仆人叫进房里。"影山，你来一下！"

影山临危不乱地迅速跑向床边。丽子利落地下令道："按住她的伤口，还有——"她单手滑进影山西装的胸口，拿出他的手机说，"这个借我用一下。"

在影山还没开口同意之前，丽子已经按下了120的电话号码。

3

叫救护车的同时，丽子也自作主张地报了警。影山一直在被害人身旁按着她的伤口。丽子一面努力维持现场完整，一面仔细地观察现场状况。在这宽敞的房间里，除了床铺以外，还有桌子、书架以及衣柜和沙发等家具。经过细心整理的房间，展现出女性特有的清洁感。从敞开的窗户往外望，那里有个朝向庭院的小阳台。外头已经没有在下雨了。

不久，救护车和警车相继抵达。这时，走廊上的孝子愤怒地喊道。

"哎呀，是谁说要叫警察来的？现在还在举行婚宴啊！"

"警察是我叫来的，夫人，"丽子来到走廊上，直接向她解释，"从现场情况看来，这无疑是起伤人事件，不，说不定是杀人未遂事件。这和婚宴是否正在举行无关，还请您协助调查。"

"这下子，"孝子气愤地背过身子，"泽村家的面子都丢光了。"

"算了啦，妈。"站在走廊上的佑介与美幸劝着愤恨不平的孝子。看来，相较于女儿受伤，泽村孝子更在意泽村家名誉是否受损。真是自私的母亲啊，丽子不禁叹了口气。

不一会儿，救护人员与警官双方拥入了宅邸里。负伤的有里被放在担架上抬出去。现场房间被封锁起来，挤满大厅的宾客也全都遭到拘留。

负责指挥调查的是一位姓三浦的中年警部。看到那位感觉很正经的警部之后，丽子发自内心地想着"幸好这里是白金台"。如果地点换成是在国立市的话，自己的上司——风祭警部现在八成正开着他那亮银色涂装的捷豹，意气风发地飙车来现场吧。还好风祭警部官威再大，也无法插手介入白金台的案件。

可是另一方面，同样身为国立署的刑警，丽子也无权对发生在白金台的案件进行调查。因此，丽子只能和其他相关人士一起接受警方的讯问。在这次的事件中，丽子不是调查员，而是第一发现者。说不定还会被视为可疑的嫌犯之一。

三浦警部把相关人士召集到宅邸的起居室里。包括两位妇人——西园寺琴江与泽村孝子，孝子的儿子佑介以及女儿美幸，刚成为被害人丈夫的细山照也，西园寺家的管家吉田，还有宝生丽子和影山。虽然丽子和影山只不过是客人，但由于案件发生时刚好在场，因此也被列为相关人士之一。

"首先我想请教一下案发经过。报案人是宝生丽子小姐是吧？"

丽子用力地点了点头。然后丽子简单扼要地描述了从她发现遇刺的新娘，直到报警为止的一连串过程。听完之后，三浦警部立刻提出疑问。

"宝生小姐和吉田先生闯进现场之后，随即又有好几个人同时赶了过来，这到底是怎么一回事呢？被害人的惨叫声又没有传到派对会场。"

"那只是偶然，"回话的人是佑介，"我和母亲根本就不知道发生了什么事情，只是听说姐姐身体不适，才过来探望她一下而已。"

"我儿子说得没错，没想到居然会发生那样的事件。"

这么说完之后，孝子忍不住打起了哆嗦。

"原来如此。那么西园寺琴江女士呢？您也是担心有里小姐的身体吗？"

"不，我只是正打算要回到自己位于二楼的房间而已。毕竟对我这种上了年纪的人来说，派对实在不是什么令人愉快的场合。我会撞见只是偶然……"

不知道是不是因为面对警察而感到紧张，西园寺琴江一副战战兢兢的样子。

"啊啊，对了对了，的确是这样没错，"佑介接着琴江的话说，"琴江阿姨原本走在我跟母亲前面一点的地方。就在琴江阿姨爬楼梯的途中，二楼突然传来很大的声音。一开始是听到丽子小姐的声音，就像'啊啊'这样子的叫声。接着听到吉田先生说'大小姐，您怎么了'。我想姐姐身体大概真的很不舒服吧，于是便和母亲一起冲上了阶梯。当然，琴江阿姨也采取了类似的行动，所以最后才会三个人同时抵达现场——是不是这样子呢，琴江阿姨？"

"啊啊，是啊。我确实也听见了这样的叫声。"

"原来如此，我明白了，"三浦警部赞同似的点了点头后，便转身面向站在房间角落里的男人，"那么你又是什么情况呢？影山先生。"

"是，我当时正在寻找不见人影的大小姐。啊，我说的大小姐并不是泽村有里小姐，而是这边这位宝生丽子小姐。"

这么说完后，影山便伸手指向丽子。

"我发现大小姐人不在会场，就离开会场寻找，从一楼的走廊往大阶梯方向走去。途中我隐约地听到刚才佑介先生提到的男女叫声，于是我马上冲上了大阶梯，前往二楼。"

"那么，你是在佑介等人之后不久抵达现场的啰？"

"正是如此。"影山恭敬地对三浦警部低头致意。无论对方是谁，都会恭敬地低下头，这似乎是身为管家最可悲的习惯。

"原来如此。所以，最后出现在现场的，是在隔壁房间里的泽村美幸小姐啊，"这时，三浦警部一脸好奇地歪着脖子思考，"明明美幸小姐距离有里小姐的房间最近，却最晚出现在现场，这还真叫人纳闷。美幸小姐照理说应该是最先出现的才对啊。"

"哎呀，刑警先生，你这是在怀疑我的女儿吗？真是失礼！"

成为嫌疑对象的美幸，以成熟的态度安抚着面有愠色的孝子。

"好了好了，妈，这边就由我来说明吧——刑警先生，我来解释我人就在隔壁房间，却又最晚出现在现场的原因。老实说，我说自己在念书准备考试是骗人的，其实我当时正戴着耳机听音乐，而且还是很吵的音乐,所以我完全没注意到丽子姐在敲姐姐的房门。想必是跟鼓声之类的混在一起了吧。我开始察觉到隔壁的房间有异状,是在曲子换成了慢板情歌的时候。听到吉田先生还是谁的声音之后,我才疑惑到底发生了什么事情,吵闹声这时变得越来越大了——所以我拔掉耳机来到走廊上一看,隔壁的房间简直是闹得一团乱。"

"搞什么嘛你,那么你说'吵到我都念不下书了',都是装出来的吗?"

面对目瞪口呆的佑介,美幸非但没有感到愧疚,反而还天真地点着头说:"嗯,对啊。"

"原来如此,关于案件发生时的情况,我已经有某种程度的了解了,"这么说完后,三浦警部环顾起众人,"不过,调查才刚刚开始。我想接下来还有很多事情要请教各位,还请各位多多帮忙——"

"请等一等,刑警先生,您还有一件事没告诉我们,"泽村孝子以客气却又不容反驳的语气问道,"有里没看到凶手吗?如果那孩子看到了凶手的话,案件就解决了,对吧?"

的确,孝子说得没错。不过在一行人的注视下,警部遗憾地摇了摇头。

"有里小姐似乎没看到凶手的样子,医院那边是这么通报的。毕竟凶手是趁有里小姐躺在床上的时候从背后刺伤她的,她没能看到凶手也说得过去。"

听了警部这段话,在场众人散发出一股像是叹息般的气氛。这时,之前一直保持沉默的细山照也,用严肃的口吻说道:"究竟是谁对有里做出这么可怕的事情?刑警先生,请您快点揪出凶手——对了!凶手会不会混进了派对的客人之中呢,刑警先生?"

"当然,我们也考虑过这种可能性。不过光是派对上被留置下来的客人,就有五十人以上。说不定还有人是在中途就离开的,因此实际宾客数量应该更多才对。嫌犯这么多,实在是——嗯,怎么了吗?"

警部出声呼唤一位闯进起居间的便衣刑警。刑警走到三浦警部的身边,并且在他耳边窃窃私语些什么。在那一瞬间,警部瞪大了双眼。

"你说什么?那是真的吗?"

三浦警部那强烈动摇的神情,到底代表着什么意义,丽子完全没有头绪。

起居间的调查结束后不久,丽子接到三浦警部传唤,独自进入了会客室。会客室的沙发上只坐着警部一个人。三浦警部请丽子在对面沙发就座之后,便带着严肃的表情开口。

"特地叫你过来真是不好意思啊,宝生。其实我想听听你的想法,所以才会请你过来。是指你身为刑警的想法哦。"

刚才三浦警部还像对待其他相关人士一样,叫她"宝生小姐",现在却将称谓改成了"宝生"。这表示现在自己被当成了刑警看待。丽子越发感到紧张。

"只要有我帮得上忙的地方,无论什么都请尽管说。"

"那么我就直接切入正题了。关于凶手的逃亡路径,你有什么看法?"

"逃亡路径是吗？"

"没错。你听到被害人的惨叫声后，就立刻抵达了被害人的房门前。当时凶手还在房间内的可能性很高，毕竟没有充足的时间可以逃走嘛。可是，当你用吉田先生拿来的备份钥匙开门的时候，房内已经不见凶手的身影了。凶手是消失到哪里去了呢？"

三浦警部为什么会问这种问题呢？丽子反倒怀疑了起来。毕竟警部这个问题的答案，实在是太显而易见了。

"被害人房间的窗户是开着的。凶手大概是穿过窗户到了阳台，然后再跳到庭院里吧。接着凶手就离开了宅邸，或是装作若无其事的样子，混进了派对的人群中，难道不是这样吗？"

"唔，从二楼的阳台跳到庭院里啊。"

"是的。从二楼跳下来这种事情，我想只要人被逼急了，任谁都做得出来吧。"

"嗯，的确是这样没错。不过如果像那样子跳进庭院的话，地面应该会清楚地留下凶手的足迹，或是摔了一屁股的泥巴。毕竟地面因为下雨的关系，变得很柔软湿滑。"

"是啊，这倒也是——咦，"这时，丽子总算明白三浦警部是基于什么意图，问了这个显而易见的问题，"难不成没有留下足迹吗？"

"没错。虽然调查员瞪大了眼睛四处搜寻，但阳台底下的地面还是没有发现任何人的足迹。当然，跌倒摔了一屁股泥的痕迹也没有。你认为这是怎么一回事呢？"

"会不会是雨水冲掉了凶手的足迹呢？"

"雨在婚礼开始前就已经停了。在那之后连一滴雨也没下。"

的确，事件发生后，丽子从现场的窗户往外看时，外头并没有下雨，所以不是雨水冲掉了凶手的足迹。

"那么这到底是怎么一回事呢——"

丽子的脑海里浮现出"密室"这个字眼。这点似乎和三浦警部不谋而合。

"如果这是推理小说的话，侦探大概会大惊小怪地宣称凶手就像烟雾一般从密室中消失了吧。不过我们是警察，必须从更现实一点的角度来思考。像这样稍微想一想，就能发现一个可能性。那就是凶手的逃亡路径未必是敞开的窗户。"

"如果是从窗户以外的地方逃走的话，那究竟是——"

"就是房门了。凶手是光明正大地从门口离开了现场。"

"我不懂您的意思。案件发生后，我一直都站在门前，凶手绝不可能从门口——"

说到这里，丽子总算发现警部是在怀疑她了。

"难不成警部认为是我故意放凶手逃走的吗？"

"很遗憾，只能这么想了。事件发生后，房间的门从里头上了锁。而你和管家吉田又站在门前。不过，在吉田去拿备份钥匙的这段时间内，门前就只有你一个人而已。这个时候凶手会不会从里头打开门锁，逃到走廊上呢？然后不知道是什么原因，你让那个凶手逃走了。"

"您、您说我是凶手的共犯吗？我可是有里的朋友，而且还是现任的刑警耶。"

而且还是"宝生集团"的总裁宝生清太郎的女儿哦！如果随便把我当成凶手的话，到时候你可要吃不完兜着走！丽子差点脱口说出这些话。

"哎呀，警察涉入犯罪并不罕见啊，"三浦警部满不在乎地这么说完后，便以严厉的视线瞪着丽子，"而且我听说，你不是打从心底祝福泽村有里的婚事，反倒对她得到了幸福感到愤愤不平。有人清楚地看到你表现出这种态度，并且说出了这番证词。这样的你，会协助凶手逃跑，也不是不可能的事情。"

"您说什么！我不愿祝福有里的婚事？还感到愤愤不平？"

为了保持冷静，丽子做了个大大的深呼吸，然后问道：

"警部，到底是哪里的哪个家伙，说出这种乱七八糟的证词啊？"

4

在走廊上发现目标，看到那个身穿燕尾服的男人后，丽子悄悄握紧了拳头，一直线地对着他猛冲。这个叛徒管家！看我用憎恨的铁拳打烂你那张佯装效忠的脸！

不过敏锐察觉到背后有股杀气的他，转过身子，并且风度翩翩地低下头说："哎呀，这不是大小姐吗？"轻易地闪过了丽子使尽浑身解数的一击。丽子的拳头毫无用武之地挥过眼前的空气。

"什么叫'这不是大小姐吗'！"

突袭失败的丽子用言语代替拳头泄愤。"影山！你这家伙居然敢把我出卖给警察！说什么我忌妒有里的婚事。托你的福，我已经完全被当成嫌犯了。一切都是你的错,你这个叛徒!"

看到丽子快要哭出来的模样,影山一时间像是搞不清楚状况似的歪着脑袋,过了一会儿,他敲着手心喃喃说着:"啊啊,原来是那件事情啊。"看来他心里似乎已经有了个底。

"可是我不懂,为什么我的证词会害大小姐遭到怀疑呢?从现场情况来看,大小姐显然不是凶手,而且还有吉田先生这位证人——"

"情况变了,现在是密室哦,密室。"

丽子把从三浦警部那边听来的情报告诉影山。阳台下方没有凶手的足迹。所以凶手只有可能是得到了丽子的协助,顺利逃离现场。

丽子说完之后,一直默默听着的影山露出了满意的笑容。

"是这样啊。原来如此,那可真是——"

"咦?什么?你想到什么了吗?"丽子满怀期待,注视着影山。

虽然这个名叫影山的男人是个很不称职的管家,但是他却拥有能够将事件化繁为简的特殊能力,所以有时从刑警的角度来看,是个值得器重的人物。

"如果你知道些什么的话,那就说说看吧,我姑且听听。"

拜托你,告诉我你的想法,丽子之所以无法坦率地恳求影山,是因为身为大小姐与现任刑警的自尊心在作祟。仿佛故意要吊丽子胃口般,影山用手指推了推眼镜的鼻架。

"我已经明白了。不过为了慎重起见,我想要看看引起争议的阳台。"

"虽然要进入现场是不可能的事情,不过我想从庭院看看还不成问题。我们走吧！"

两人马上走出宅邸，绕到了庭院。站在能够眺望有里房间的位置，丽子指向阳台。

"你看，那就是有里房间的阳台。"

"噢，就是那个啊，"影山明显露出期望落空的表情，"那么，阳台隔壁的窗户是？"

"那是美幸房间的窗户。"

"咦？美幸小姐的房间没有阳台吗？"

"这么看起来，好像真的是这样呢，"有小阳台的只有有里的房间，隔壁房间并没有阳台，只有窗户而已，"那又怎么了？"

影山流露出些许气馁的神色，然后重新望向问题所在的阳台。

"看来我似乎是猜错了。原来如此，如果凶手从那座阳台跳下来的话，地面上绝不可能不留下任何痕迹。也就是说，凶手果然不是从那座阳台上跳下来的。不过，要爬上屋顶就更不可能了，这样一来，逃亡的路径只剩下房门的入口而已……"

说到这里，影山突然重新面向丽子，并且压低声调开口询问：

"大小姐，您真的没有放凶手逃走吗？请您一定要告诉我实话……"

"跟你说没有了！你到底是站在谁那边的啊？"

"我当然，"影山回答道，"是站在大小姐这边的。"

"刚才那一瞬间的停顿是什么意思？"原本感人肺腑的台词全被他给糟蹋了。

"我停顿了吗？"影山这么敷衍过去后，便重新将话题转回密室之谜上，"虽然乍看之下像是密室，但实际上却有秘密通道，这种事情时有所闻。尤其是像这座宅邸一样古老的建筑物，就算有这种机关，那也没什么好感到不可思议的。"

"可是我们又没办法知道屋内有没有什么秘密通道。"

假使这是在国立署管辖范围内发生的事件，风祭警部现在大概早就意气风发地把现场的地板与天花板都翻过来仔细调查了吧。不过这里是白金台。风祭警部人并不在这里，丽子也没有参与调查的权力。当丽子不耐烦地盘起双手时，影山突然大声说道：

"您看，大小姐。西园寺琴江女士正好走过来了。"

丽子顺着影山所指的方向一看，那里的确有个身穿和服的老妇人。她正带着烦恼和苦闷的表情，一步一步地走近这里。

"如果是这座宅邸的事情，我想最好还是请教她吧。毕竟琴江女士是唯一在这座宅邸里出生长大的人。也就是所谓西园寺家活生生的见证人。"

"是啊。不过影山，拜托你别在她的面前说什么'活生生的见证人'哦。"

丽子这么叮咛过嘴巴恶毒的管家之后，便走向了西园寺琴江身边。

"不好意思，夫人，"然后她唐突地展开询问，"恕我冒昧，请问这座宅邸里有秘密通道或暗门之类的东西吗？"

面对突如其来的疑问，西园寺琴江显得有些惊慌失措，不过她却断然地摇了摇头。

"没有,我在这座宅邸里生活了六十年以上,从来没有见过那种像是忍者之屋的机关。这座宅邸只是一座普通的老旧洋房啊。"

"那么,是不是只有有里小姐的房间特别经过维修或改造呢?"

"不,没有那种事。这座宅邸一直都跟以前一样。"

"是吗?既然夫人都这么说了,那就一定是这样没错了。谢谢,我只是有点在意而已,真是非常感谢您。"

"没能帮上你的忙,真是不好意思,"西园寺琴江静静低下了头,"那么我就此告辞了——"

琴江以优雅的姿态转过身子。这时,影山突然使用跟平常截然不同的成熟嗓音,朝她的背影叫道:"请您留步,大小姐。"

在那一瞬间,琴江的脚倏地停了下来。

"哎呀,又有什么事情要找我了吗?"

琴江回过头来。看到这突发的状况,丽子完全搞不清楚是怎么回事,只能保持沉默。不过影山却像是什么事情都没发生过一般,滔滔不绝地接着说下去。

"恕我冒昧,您难道不是有什么话想对我们说,所以才来到这里的吗?如果您有话想说,无论是什么,都请您尽管说,大小姐。"

"啊啊,这个嘛……其实也没有什么特别的事情。我只是看到你们在庭院里,不知不觉就走过来了……"

这时,西园寺琴江才恍然大悟似的瞪大了眼睛。琴江似乎察觉到了飘散在现场的尴尬气氛以及朝自己投来的怀疑眼光。她仿佛试图掩饰自己的失策一般,慌慌张张地颤抖着嘴唇。

"你、你在说什么啊!我、我才没有——"

面对乱了手脚的琴江,影山冷静地道出一切都已经无法挽救的事实。

"刚才我叫琴江女士'大小姐'的时候,您很自然地回过头来。没有丝毫的犹豫和疑问,就像这一切都是很理所当然的样子回应了我。不是吗?"

"那、那是因为……"琴江虽然想要开口说些什么,但是眼神却飘忽不定,只能保持沉默。

丽子也惊讶得说不出话来了。的确,丽子也听到影山叫了西园寺琴江两次"大小姐",而琴江也毫不抗拒地回应了两次。就像是她早已经习惯被人称呼为"大小姐"一样。

"影山,这是怎么一回事?"

"简单地说——"影山把手放在西园寺琴江颤抖的肩膀上,"西园寺琴江女士已经下定决心,要向身为刑警的宝生丽子小姐自首了。是这样没错吧,大小姐?"

西园寺琴江像是认命般地点了点头,然后自行走到丽子面前,低下头来。

"刺伤有里小姐的人是我,真是非常抱歉。"

丽子把西园寺琴江带到三浦警部身边后,案件急转直下地解决了。可是从头到尾丽子还是完全不了解这起案件的真相。在前往停放豪华礼车的停车场途中,丽子在庭院里要求影山说明清楚。结果影山说了一句出乎意料的话:"其实我原本还在怀疑美幸小姐。"

"为什么？为什么你会怀疑她呢？"

"那是因为美幸小姐的发言里，有些地方很不自然。大小姐您也还记得吧，案件发生后，从自己房间出来的美幸小姐所说的话。她是这么说的——'琴江阿姨怎么了吗？'"

"听你这么一说，的确是这样没错。然后我记得佑介好像是说'笨蛋，不是琴江阿姨，是姐姐'。那又怎么样？"

"为什么美幸小姐会误以为是琴江女士出了什么事呢？那个房间是有里小姐的房间。虽然琴江女士确实也在那里，不过孝子女士和佑介先生也在，加上我也在场。在这种情况下，为什么美幸小姐会脱口而出'琴江阿姨怎么了吗？'这种牛头不对马嘴的话呢？"

"照这么说来是有点奇怪。"

"于是我开始想象。会不会是美幸小姐动手刺伤了有里小姐呢？然后她为了故弄玄虚，假装自己毫不知情，才刻意说出那句牛头不对马嘴的话。"

"原来如此。你以为那是她拙劣的演技啊。"

"是的。假使美幸小姐是凶手的话，她在犯案之后会采取什么样的行动呢？只有一种可能。也就是在有里小姐的房间内犯案之后，美幸小姐从房间的窗户走到阳台，跳到就在隔壁的自己房间的阳台，接着，再装出一副若无其事的表情从自己房内现身——这是非常有可能的状况。这样一来，美幸小姐比大家晚一点出现在现场，这点就说得通了。而且阳台底下找不到凶手的足迹，这个证据也和我的推测相符。我原本已经确信这就是真相了，然而刚才来到庭院眺望现场时，我才发现自己错了。"

"啊啊，原来如此啊，"丽子总算明白了，"美幸的房间没有阳台。如果美幸是凶手的话，她就只能从有里房间的阳台直接跳进自己房间的窗户了。这样的高难度动作，美幸绝不可能办得到。"

"您说得是。所以美幸小姐并不是凶手。这下子又回到了一开始的疑问。为什么美幸小姐会误认为琴江女士发生了什么事呢？在当时，有什么理由会让美幸小姐产生这样的误解？那时，我的脑海里灵光一闪。而给予我灵感的不是别的，正是大小姐所说的话。"

"我吗？我说了什么重要的话？"

"是的。大小姐在询问西园寺琴江女士时，称呼她为'夫人'。听了这句话后，我偷偷捏了把冷汗。这是因为琴江女士直到过了花甲之年，都还没有结过婚。她并不是谁的'夫人'，从某种角度来说，我认为称呼她为'夫人'是件非常失礼的事情。"

"啊啊，或许真是这样。不过照你这么说，又该怎么称呼她才好呢？"

"我也有同样的疑问。而且我很在意目前仍担任管家、服侍琴江女士的吉田先生，他平常又是怎么称呼她的。就在这个时候，我突然想到，吉田先生该不会还是称呼西园寺琴江女士为'大小姐'吧？就像我叫宝生丽子小姐为'大小姐'一样。"

"我倒觉得自己跟琴江女士的情况差很多哦。"

"的确，琴江女士是年过六十的女性。一般而言，已经到了不能称呼为'大小姐'的年纪了。可是称谓这种事，终究只是两个人之间约定好的规则。吉田先生在五十年前来到西园寺家服务的时候，琴江女士无疑是西园寺家的'大小姐'，所以吉田先生当年一定也是这么称呼她才对。而琴江女士又始终没有跟任何人结婚，于是两人的主仆关系从此之后就完全没有改变过。因此，吉田先生会不会直到现在还是叫琴江女士为'大小姐'呢？我一想到这点，就试着对琴江女士叫了一声'大小姐'。结果，就如同您所看到的一样了。"

被管家呼唤为"大小姐"的西园寺琴江，非常自然地回头了。

"不过，大小姐您也还记得吧。刚来到这座宅邸时，有里小姐从阶梯上摔下来的场面。当时吉田先生虽然马上冲到了有里小姐的身边，但他当时称呼有里小姐为'大小姐'了吗？"

"这么说起来……好像没听他这么叫……"

"是的。他并没有叫有里小姐为'大小姐'。基本上，吉田先生要是称呼有里小姐为'大小姐'，会衍生出一些问题。因为泽村家里存在有里小姐与美幸小姐两位千金。如果吉田先生想用'大小姐'这个词来称呼两人的话，就应该分别称呼她们为'有里大小姐'与'美幸大小姐'才对。不过，实际上吉田先生并没有这样称呼她们。"

"对了，我想起来了。看到有里从阶梯上摔下来，吉田先生是喊着'有里小姐'。"

"我的印象中也是如此。换句话说，吉田先生分别称呼泽村家的两位千金为'有里小姐'与'美幸小姐'，另一方面，则继续称呼过了花甲之年的西园寺琴江女士为'大小姐'。"

"这也就是说——"

"是的,您已经察觉到了吧。重点在于吉田先生闯进有里小姐房间后所说的那句话。踏进房间之后,他喊道:'大小姐,您怎么了!'我一直以为,大小姐这句话是对遇刺的有里小姐说的。不过,实际上却是对琴江女士说的。换言之,那个密室里除了遇刺的有里小姐以外,原本还存在着另一个人,也就是西园寺琴江女士。当然,如果其中一方是被害人的话,另一方必然就是凶手了。"

"是这样啊……琴江女士是凶手……而且原本就躲在密室里……"

"我很明白大小姐不愿承认自己有所疏失的心情。不过,在那种情况下,大小姐不可能先观察过房间的每个角落之后,才踏进现场,如书架和衣橱的阴影处、书桌底下或是房间的角落,等等。如果只是要暂时躲藏起来的话,能够选择的地方可以说到处都是。大小姐没有发现躲起来的琴江女士,就这样直接冲向了床边。另一方面,吉田先生发现躲起来的琴江女士而吓了一跳,才会发自内心地大喊:'大小姐,您怎么了!'不过,大小姐却被有里小姐的伤势夺走了注意力,所以没有注意到凶手也许就在自己的背后。等到大小姐您总算回头张望自己的背后时,那里已经赶来了许多家人了。因此,在大小姐看来,琴江女士只不过是听闻骚动而赶来的其中一人罢了。然后,这时美幸小姐出现,她说:'琴江阿姨怎么了吗?'"

"原来是这样啊。美幸知道吉田先生说的'大小姐'指的就是琴江女士,所以她才会以为是不是琴江女士出了什么事。"

丽子总算察觉到自己在这起案件中完成的重要任务。

"这么说来,是我把原本在密室里的真凶连同其他人一起赶出房门外啰?是我帮助凶手逃离密室的吗?"

"很遗憾,正是如此。当大小姐喝令大家离开房间时,吉田先生大概也察觉到大小姐您有所误会了吧。吉田先生在此中找到了一丝微薄的机会,那就是拯救琴江女士免于蒙受犯罪污名的机会。吉田先生说'请照宝生小姐所说的做吧',装出一副听从刑警指示的模样,实际上,却在走廊上和泽村家的人进行重大的商议。"

"重大的商议?"

"简而言之,这起案件是西园寺家的老妇人刺伤了有亲戚关系的泽村家长女。也就是住在同一屋檐下的人们引发的丑闻。对泽村家的孝子女士来说,她应该不会希望身为亲戚的琴江女士遭到逮捕才对。毕竟这是有损门风的丑闻。于是,西园寺家与泽村家连忙讨论该如何串供。而最后编造出来的,就是琴江女士、孝子女士以及佑介先生几乎同时赶到现场这样的故事。"

"原来如此。那么三浦警部的调查不就完全没有意义了吗?毕竟那些证词都是为了包庇真凶而捏造出来的。"

"正是如此。"影山静静地点了点头。

密室之谜,以及真凶的身份,一切全都解开了。剩下的谜题只有一个。

"琴江女士为什么要刺伤有里呢?"

"据我猜想,两人之间恐怕有什么纠葛,而且跟这次的婚礼有关吧。

大小姐没有什么线索吗？"

"啊啊，这么说来……"

佑介确实说过。新郎细山照也原本是靠着讨好琴江才当上了西园寺家的顾问律师。当时细山或许曾在琴江耳边说了不少甜言蜜语。就算他没有这么做，琴江也很有可能对充满成熟魅力的美男律师产生好感。不过，细山最后却选择了和年轻的有里结婚。这大概就是琴江对有里心生怨恨的动机吧。虽然丽子这么想，但却没有说出口。这些话，只要由出面自首的琴江亲口说出来就够了。

于是密室之谜又再度靠着影山的智慧解开了。丽子与影山坐上豪华礼车踏上归途。车子开了一会儿之后，驾驶座上的影山用十分严肃的语气开口问道：

"对了，大小姐。趁这个好机会，我有件事情想跟您确认一下——"

"你、你怎么突然这么说啊？到底有什么事？"

非比寻常的气氛，让丽子不禁挺直了背脊。接着影山冒出了一个正经八百的问题。

"在大小姐几岁之前，我还可以用'大小姐'来称呼您呢？"

"啊……噢噢，这个啊……"原来是这件事情。的确，这是个值得好好考虑的问题也说不定。

丽子认真地烦恼了一会儿。是三十岁、还是四十岁、五十……然后，就像是要抹去脑海中的烦恼一般，丽子轻轻地摇了摇头。

"你在担心什么啊？影山。你以为我过了六十岁还是个'大小姐'

吗？放心啦，到时候我一定会让你叫我'夫人'的。"

透过后照镜，仿佛可以看见影山的嘴边浮现出淡淡的微笑。

"祝您的愿望早日实现，大小姐。"

拜托真的要实现啊，丽子殷切地这么想着。

第五部　请小心劈腿

1

早在很久以前就一直煞有其事地谣传说，国分寺车站北口将要进行比以往更大规模的再开发计划。结果拖了将近十五年，站前地区还是几乎没有改变，依旧是挤满了小型商店、学生以及公交车的狭窄街道。就某种层面来看，说不定大家都懒得改变吧。站前仅有的改变，顶多就是开了唐吉可德①跟星巴克而已。还有，早稻田实业专科学校在甲子园赢得优胜时，稍微有机会在电视上亮相而已。不过，这样平凡的地方，竟然也发生了悲剧。

宫下弘明是在从公司回家之后，遭遇了这场悲剧。

住了许多单身男性的公寓大厦的其中一间套房里，身为阪神队狂热球迷的他，一手从冰箱内取出了罐装啤酒后，就赶紧回到电视机前。ＣＳ卫星电视的职业棒球转播，这时正轮到阪神队进攻。两人出局、

---

① 注：日本大型连锁超市。

满垒的情况下，上场打击的选手偏偏轮到了状况奇差无比的新井，看来阪神队正面临天大的危机。

宫下喝了一口啤酒，一屁股坐在沙发上。当新井挥棒出去，不偏不倚地命中白球时，几乎就在同一时刻，宫下发出"啊！"的一声，兴奋得想要站起身来，那颗被打出去的球，一条直线地往甲子园左外野的全垒打标杆飞去。外野席的阪神老虎队球迷传来欢呼声，宫下却突然发现自己不知道怎么回事，已经蹲在沙发前动弹不得。

"唔……"到底发生了什么事？宫下趴在地上，提心吊胆地伸手摸摸自己的腰，"这该不会是……人家常说的闪到腰吧？"

看来是错不了了。新井出乎意料地挥棒出击，让宫下闪到腰了。总之，还是尽快就医吧，宫下这么想着。于是他关掉电视，以匍匐前进的方式来到玄关。接着拿起插在雨伞架里的木刀代替拐杖，走出家门。顺带一提，木刀是他高中参加校外旅行时，在水前寺公园的土特产店里糊里糊涂买下的。当然，这也是这把木刀第一次在现实生活中派上用场。

宫下拖着像是战败士兵般的步伐，在公寓的走廊上前进，然后在电梯门前停下脚步。这时刚好响起叮的一声铃声，眼前的电梯门随之开启。拄着拐杖的他，只能维持上身前倾的姿势。映入他眼帘的，是一对男性与女性的脚踝。

全新的黑色皮鞋，以及包住后脚跟的镂空网状凉鞋。

在前倾的状态下，勉强抬起头来一看，宫下发现穿着棕色西装站在那里的是自己认识的人。"啊，野崎先生……"

野崎伸一是宫下隔壁房间的住户。这男人身材矮小消瘦，有着一张娃娃脸。所以乍看之下跟学生没什么两样，但实际上他和宫下一样，都已经是进入社会工作的人了。虽然平常他们的关系不是说有多亲近，但在走廊上遇见时，还是会互相打声招呼的。因此，在这种情况下，宫下也像平常一样道了声"晚安"，然而野崎却像是吓了一跳似的在电梯里倒退了一步。身旁的年轻女性则是害怕地躲到野崎背后。这也难怪。毕竟有个男人拿着木刀，站在公寓走廊上等电梯。在对方看来，大概就像是遇上了形迹可疑的恐怖分子吧。

"哎呀，其实我闪到腰了，哈哈哈，正要去医院呢……"

野崎伸一这才松懈下来，呼了一口气，并说道"请多保重"后就走出电梯。年轻女性拿野崎的背部当挡箭牌，也这样跟着他一起走出电梯。虽然看不清楚长相，但至少可以看出那是一位身穿紧身牛仔裤、搭配着亮粉红色衬衫的苗条女性。

八成是野崎的女朋友吧，宫下这么推测。如果是平常的宫下，现在一定会用他的眼睛大占便宜，好好把那女人的身材长相给看个过瘾，不过遗憾的是，他现在腰痛得不得了。男人一旦腰痛起来，就失去了看热闹的心情与色欲。所以宫下拄着木刀拐杖，乖乖地乘上电梯，然后按下了到一楼的按钮。

门逐渐关上。从门缝中可以看见野崎和女朋友相偎而行的背影。

2

位于国分寺市本町的"Heights 武藏野"公寓的504室，就在木头地板房间几近正中央处，有一位青年横躺在那里。他的周围有许多男人以敏捷的脚步来回移动。有人透过相机的取景器看着青年，也有人用极为失礼的强烈视线盯着青年的身体。假如青年还保有正常人的感觉的话，大概会羞耻难耐地涨红了脸，或是气得脸色发青、浑身发抖吧。

可是青年的脸色既不红也不青，他的额头上刻印着深深的伤痕，早就已经死了。围绕在周围的调查员们，只不过是在执行他们的职务，也就是现场搜证。

在此杀人现场中，只有一朵黑蔷薇盛开着。宝生丽子犹豫着不知道该把视线往哪儿摆。当然，丽子既然是任职于国立署的现任刑警，就算是胃从尸体里翻了出来，或是小肠和大肠打成了蝴蝶结，以丽子的刑警立场，都不容许她别过视线，然而——

眼前的尸体却浑身赤裸。是个一丝不挂、名副其实的全裸尸体，而且还是男性。

当然，警察最忌讳心理障碍。区区一位男性的全裸尸体，和路旁盛开的蒲公英也没什么不同，要是没办法平心静气观察的话，那就不配当一个刑警了。重新整理好思绪的丽子，用指尖推了推装饰用的黑框眼镜后，就用毅然的视线，仔细地观察起青年的尸体。

那是个相当矮小的男性。身高大约是160厘米吧。脸蛋充满稚气，搞不好还会被误以为是高中生呢。对某些女性来说，这种类型的男性或许会让她们大呼可爱也说不定。当丽子观察出这几个特点时，晚一步抵达现场的风祭警部多嘴地说道："哎呀，宝生。瞧你看得那么入神，莫非你对全裸尸体有特殊的兴趣吗？"

"什么看得很入神，才没有呢！我只是因为工作的关系，才逼不得已仔细观察的！"

我怎么可能对男性裸体有什么特殊的兴趣嘛，这个老是爱性骚扰的上司！丽子在嘴里轻声地埋怨之后，就把她通过观察得到的线索向上司报告。

"尸体的额头部分有疑似遭到殴打的伤痕。此外，尸体旁边掉落了一个沾着血迹的玻璃制烟灰缸。这会不会就是凶器呢？"

"也就是说，这是一起杀人事件对吧。毕竟没什么人会脱光衣服自杀嘛。不过话说回来，宝生，"风祭警部对美丽的部下投以锐利的视线，并且说了这么一句话，"你说谁在性骚扰啊？"

"您……您在说什么啊？我不太懂您的意思……"

丽子装傻似的将视线拉低，望着手册。真是的，天底下就是有这种一听到自己的坏话，耳朵就变得特别灵敏的人。为了回避尴尬的话题，丽子将话锋转回案件上。

"根据公寓管理员提供的情报，被害人是这间房的住户，野崎伸一。年龄二十五岁，单身。似乎没有同居人的样子。职业为上班族，工作单位是——"

"你、说、谁、是、性、骚、扰、浑、蛋、啊！"

"不，那个……"正确说来不是性骚扰浑蛋，而是性骚扰上司，不过现在谈这个没有任何意义吧，"对不起。我向您道歉，请您不要生气。"

"喂喂喂，宝生，你不要误会啊。你以为我是那种心眼小到会为了这种事情而生气的男人吗？哈哈，怎么可能嘛！你看，我这不就开开心心地原谅你的过错了吗？不过话说回来，宝生，今晚跟我一起去吃个饭如何？我在吉祥寺发现了一家很时髦的越南料理店——"

"那么工作该怎么办呢？眼前有一具尸体啊。而且死状显然很异常呢。"

反正我绝对不会答应就是了。丽子在心里吐舌头做鬼脸。风祭警部耸着肩说："哎呀呀，这就没办法了。"然后重新俯视着全裸的尸体。

"这事确实很古怪。男性全裸遇害，虽然死状不怎么好看，但还挺有意思的。话说回来，你刚才还没说完呢，继续说下去。被害人的工作单位是？"

"工作单位是保险公司'三友生命'，目前隶属于新宿总公司的秘书课。"

丽子抬起头时，风祭警部那张宛如电视剧里英俊小生般的端正脸庞，正浮现出夸耀胜利般的笑容。

"噢——这个三友生命保险可是大企业呢，不过还是比不上风祭汽车。"

"是啊，的确是大企业呢。"虽然还差宝生集团一大截就是了。

"风祭汽车"是一家汽车大厂，他们所推出的扬名国际的古典跑车，同时兼具最棒的设计与最糟糕的耗油率。风祭警部是这家汽车公司创业者的儿子。虽然不清楚是不是靠着自家的财力在幕后运作，但他年纪轻轻才三十二岁就晋升为警部，堪称国立署的精英。但很遗憾的是，他刚好也是丽子的直属上司。

另一方面，周遭同事都不知晓的是，其实丽子的父亲——宝生清太郎，是大型综合性企业"宝生集团"的总裁。只要他有心的话，靠着他的财力，可以在一天之内买下风祭汽车这种规模的企业，然后从明天起把公司改名为宝生汽车。说穿了，双方规模差距就是这么大。话虽如此，丽子却是个远比风祭警部更懂得谨言慎行的人，所以绝不会在杀人现场到处炫耀自己的上流阶级气质。她用巴宝莉的黑色套装把自己装扮得毫不起眼，再用阿玛尼的装饰用眼镜藏起标致的美貌，并且穿着布鲁诺·弗里索尼的简约高跟鞋，大步走在杀人现场。看到这样的她，应该不至于有人会识破她就是大财团的千金小姐才对（尽管有若干名调查员多少感到不大对劲）。

都出身于有钱人家，举止却两极化的丽子和风祭警部，首先要探讨的疑点，当然就是："为什么被害人会光着身体呢？"

"被害人是自己脱掉衣服的，还是被凶手脱掉的呢？"

"那当然是被凶手杀害后脱掉的啊。被害人自己脱掉衣服，紧接着打破额头毙命，这种场面似乎难以想象呢。"

"凶手又是怎么处理脱掉的衣服呢？放眼望去，各个地方都找不到呢。"

"大概是被揉成一团扔到什么地方去了吧。"

风祭警部一边这么说，一边用戴了手套的手打开房内的衣橱。

许多整齐吊在衣架上的西装映入眼帘。虽然这些西装多半是深蓝色或是灰色，样式也很朴素，但每件都像是刚送洗过一样崭新笔挺。

至于各种各样的衬衫、休闲裤以及牛仔裤，等等，这类年轻人常穿的衣服，则是乱七八糟地堆放在一起。

"被害人死前到底穿着什么衣服呢？不先知道这点，就无法调查啊。"

于是两人又往洗衣篮与洗衣机内看了一下，可是那里却是空的。看不到脏内裤、西装、衬衫，也没有袜子之类的换洗衣物。

"凶手脱掉被害人的衣服，把那些衣服带走了。这种可能性很高。"

"可是凶手为什么要做出那种事情呢？"

面对丽子的疑问，警部只回答了一句"不知道"，接着又来到玄关。狭窄的玄关里有运动鞋与凉鞋各一双，而鞋架上则摆着像是上班时才会穿的皮鞋。鞋子的尺寸很小，看起来应该就是身材矮小的被害人自己的鞋子，玄关这儿也没有什么疑点。

虽然风祭警部大致看过了现场，却还是无法对全裸尸体之谜提出有力的见解。于是警部把全裸尸体之谜暂时搁置一旁，并且下令："叫第一发现者过来，该问问发现尸体时的状况了。"

正当摆在担架上的全裸尸体被抬出去的时候，一位长发飘逸的女性来到现场。她身穿粉红色的薄衫配上米黄色裙子，打扮十分简朴。轮廓分明的五官与垂在背上的黑色长发让人印象深刻。她就是案件的第一发现者——泽田绘里，目前就读于国分寺市内某知名大学的女大学生，今年二十一岁。

"你是泽田绘里小姐是吧？那么我就先从你和野崎伸一先生的关

系问起吧。"

"不久之前,我们社团的学长结婚了,在那场婚宴派对上,我第一次见到野崎先生。听说野崎先生好像是那位学长的远亲还是什么的。所以我和他大概才认识一个月。"

"原来如此。认识的契机是婚宴派对啊。两位在那之后就开始交往了吗?"

听了警部的话后,泽田绘里默默点了点头,然后开始叙述她发现尸体时的状况。

据她所说,她前来野崎的公寓拜访,是在今天早上十点左右的时候。野崎好像之前和她约好要陪她去买东西的样子,不过泽田绘里按了门铃却没人开门。野崎一定是去便利商店了吧?不以为意的泽田绘里决定先进房间等,因为当时玄关的门并没有上锁。

"可是,踏进房间的那一瞬间,我马上就看到野崎先生卧倒在地上……于是吓得忍不住惨叫起来……"

"这也是没办法的事情嘛。不过,你是因为野崎先生死了呢,还是因为他全身赤裸而被吓到呢?到底是哪一种情况?"

面对风祭警部无关紧要的疑问,泽田绘里认真地回答:

"我想一开始是被裸体吓得叫出声来的。在那之后我才发现野崎先生死了——是啊,我当时马上打了110报警。"

"顺便请教一下,这是你第一次看见野崎先生的裸体吗?"

你在说什么啊?丽子连忙瞪向警部。对妙龄女子来说,这个问题就等同于"你是否和被害人有过肉体关系"。虽然这位荤腥不忌的上司让丽子十分担心，不过泽田绘里却很干脆地回答"不是"，然后不知道为什么，从包包里拿出了车票夹，里头放着公交车的定期车票和一张相片。

那是一对男女穿着泳装展露微笑的合照，照片上的人物是泽田绘里与野崎伸一。看来这是两人一起去海边玩时，在海水浴场合影留念的一幕。

"原来如此，这的确也是裸体没错，"警部似乎有点失望地轻声说道，然后将车票夹交还给她，"你发现尸体的时候，野崎先生是一丝不挂的状态。看到这种情况，你是怎么想的呢？"

"这个嘛……我当时以为野崎先生在准备洗澡时遭遇了什么事故，所以才会呈现裸体的状态吧。"

"原来如此。从现场状况来看的确很像是这样——话说回来，昨天晚上八点左右，你人在哪里？在做什么呢？"

昨天晚上八点左右，这是法医推算出来的被害人死亡时间。换句话说，警部正怀疑着泽田绘里。

"晚上八点的时候吗？我那时候正待在房间里看电视。因为我是一个人住，所以没有什么不在场证明。不过我发誓自己是清白的。再说，为什么我非得要杀害野崎先生不可呢？"

"哎呀哎呀，这只是形式上的调查罢了……嗯，怎么了？"

有一位调查员来到客厅，警部就趁这个机会中断了对话。调查员在警部耳边悄声说了些什么。风祭警部点点头之后，便下令"马上把那个人带来这里"。看来，似乎又出现新的证人了。

接替泽田绘里出现在客厅的，是一位看起来三十几岁的男性，手里不知道为什么紧握着一把木刀。不过他并不像是想要在杀人现场和警官大打出手的样子。听说他昨晚闪到腰，才会拿木刀代替拐杖。

"不过，就是因为闪到腰的关系，我昨天晚上才会碰巧遇见野崎先生。"

这个自称宫下弘明的男人，昨晚偶然碰见了从电梯里出来的野崎伸一。据他所说，野崎穿着棕色的西装，身边带着一位年轻女性。获得有力情报的风祭警部弹响了指头后，附在丽子耳边说："被害人的衣橱里没有棕色的西装，果然是被凶手给拿去了。"

"这样一来，凶手会是那名被害人带回家的年轻女性吗？"

"不，现在下定论还太早了，"警部再度转向宫下进行确认，"你是在几点的时候遇见野崎先生的？"

"这个嘛，因为我没有看时钟，所以不知道正确的时间……啊，不过我是在晚上八点前几分钟闪到腰的。"

"你说八点前几分钟！"那个时间，跟推测的死亡时间几乎一致。

"是啊，我没记错。因为我闪到腰时，阪神队的新井正好往左外野的全垒打标杆打出一记满贯全垒打。"

"啊啊，原来是那一幕啊，"风祭警部轻轻地点了点头，然后用怜悯般的视线望着眼前这位阪神队球迷，"这件事实在难以启齿，宫下先生，其实那时飞向全垒打标杆的球不是全垒打，而是界外球。新井最后击出滚地球遭到封杀，阪神队输得一塌糊涂呢。"

"您、您说什么！那、那是真的吗？刑警先生！骗人！您是骗人的吧！"

对宫下而言，这件事似乎远比杀人案更让人感到震惊。他自从闪到腰以来，好像就没有看过电视和报纸，所以始终深信昨天是阪神队赢了。

"真是非常遗憾——不过这件事就先不管了，被害人的死亡时间推测是在晚上八点左右。看来你似乎是在野崎伸一遇害的前一刻碰见了他。这样一来，当时和他在一起的女性是凶手的概率就相当高了。"

然后警部再度附在丽子耳边悄声说道："把泽田绘里带来这里。"

看来，警部似乎不假思索便直接认定野崎带来的年轻女性就是泽田绘里了。但丽子反倒觉得，凶手也有可能是泽田绘里以外的其他人，不过想归想，姑且还是得确认一下。丽子马上再把泽田绘里请进屋内，并且让她站在宫下弘明面前。不知道发生了什么事情的泽田绘里，视线不安地四处游移。风祭警部不顾她的疑惑，单刀直入地问道：

"宫下先生，你昨天见到的年轻女性是这个人吗？是这个人对吧？"

这几乎是诱导询问了。于是宫下倏地挺直了疼痛的腰杆，并站到她的身旁。比对过自己的身高与她的头顶高度之后，宫下这么回答：

"你160厘米左右吧？大概跟野崎先生差不多高。"

"是的。"泽田绘里点了点头。听了她的回答后，宫下在刑警们面前断言：

"那就不是这个女孩了。头发长度之类的特征跟昨天看到的女性很像。没错，那是一位留了一头黑色长发的女性。不过这女孩身高太高了，我看到的女性更娇小。印象中，那个女性的头顶大概只有到矮个子的野崎先生耳边一带，所以身高顶多只有 150 厘米吧——"

3

那天下午，丽子和风祭警部一起乘车来到了吉祥寺。他们不是为了要去时髦的越南料理店用餐，而是为了访查一位住在这座城市的女性，齐藤彩。

根据宫下弘明的证词，凶手极有可能是与被害人关系亲密的年轻女性。于是刑警们检查了野崎伸一的手机与电脑，一一筛选出与被害人频繁往来的女性，并取得了联系。女性的人数总计四位。其中一人是已经讯问过的泽田绘里。另外三人都是在搜查后新出现的名字，齐藤彩也名列其中。

两位刑警在中道通的龟澡堂旁边一栋老朽木造公寓里见到她。她以一身旧 T 恤配上牛仔短裤的打扮出现在玄关前，不知道是不是因为睡眠不足的关系，眼睛看起来红红的。

"警察找我有何贵干？最近我可没做过什么坏事哦。"

她的语气听起来像是不久之前才刚做过坏事一样。具有攻击性的性格，也很符合杀人犯的形象。于是丽子马上告知野崎伸一的死讯，并且观察她的反应。她表现出一副受了很大打击的样子。虽然那悲凄的表情怎么看都不像是演戏，不过一问之下才发现，她现在是"一边在便利商店上夜班，一边以成为演员为目标，努力磨炼演技中"，所以这有可能是演技也说不定，丽子重新提高警觉。

然而另一方面，打从瞥了齐藤彩外表一眼的那一刻起，风祭警部显然就对她失去了兴趣。这是因为齐藤彩个子很高，大约有170厘米。而且发型还是那种短到会让人误以为是男生的小平头。宫下所目击到的嫌犯特征与这位女性完全不符合。

因此，丽子代替老早就失去干劲的警部发问。

"你和野崎先生的关系是？"

"我和小伸是青梅竹马，以前上同一所幼儿园，现在也偶尔会见个面，一起吃个饭之类的。上个礼拜我们还一起喝过酒呢……"

"昨天晚上八点左右，你人在哪里呢？"

"晚上八点，那时候我还没去打工。当时我一个人待在这个房间里。什么啊，你们是在怀疑我吗？你们搞错了啦。我和小伸才不是什么爱来爱去的关系呢。"

"那么，关于和野崎先生交往的女性，你有没有什么线索呢？比方说身高150厘米左右，留着一头长发的女性之类的。"

"什么……你说和小伸交往的女人……怎么可能会有那种人嘛！愿意陪那个小不点的女人顶多只有我了吧，"齐藤彩自豪地用大拇指比一比自己的胸口，但还是有些在意似的问道，"那个人是谁啊？你说的那个身高150厘米的女人。"

"这个嘛，至少可以确定不是你就是了，"丽子一边抬头仰望对方，一边转移话题，"其实野崎先生是在全裸的状态下遭到杀害的。衣服应该是被凶手脱掉了。为什么凶手要这么做呢？关于这点，你有没有什么看法呢？"

面对这个牵扯到案件本质的严肃问题，齐藤彩也摆出她最认真的表情回答。

"虽然我不清楚，不过凶手会不会是想要报裙子被掀的仇呢？"

丽子一问之下才发现齐藤彩有过这样的"前科"。据说在幼儿园时期，齐藤彩为了报裙子被掀的仇，曾脱掉野崎伸一（当时四岁）的衣服强迫他裸体。原来如此，每个人听到全裸，联想到的内容也各有不同啊。最后，在没有什么特别收获的情况下，丽子他们离开了齐藤彩的公寓。

接着两位刑警来到了住在世田谷的议员黛弘藏的宅邸。不过他们不是有事要找政治家。这位议员的独生女黛香苗才是丽子他们的目标。

出现在玄关前的黛香苗，穿着一件整齐干净的连衣裙。白皙的肌肤与又大又黑的眼珠让人印象深刻。纤细的体形一看就知道是出身于名门世家的大小姐，用不知世故的大家闺秀来形容颇为恰当。看到刑警们突然来访，她露出了困惑的表情。在得知了野崎伸一的死讯后，她更是惊讶地举起纤弱的手掩住嘴巴。

"什么……野崎先生他……"尽管流露出内心的动摇，黛香苗依然用不失礼节的态度带着两位刑警前往会客室，"请往这边走……"

丽子与风祭警部跟着黛香苗在走廊上前进。两人都紧盯着垂在她背上的丰润黑发不放。两位刑警被请进会客室后，黛香苗暂时离开了房间，这时风祭警部把之前一直忍着没说的想法一口气说了出来。

"宝生，你看到她的头发了吗？她有一头黑色长发！错不了的！

她就是真凶——"

"请您少安毋躁，警部。根据宫下的证词，跟被害人在一起的应该是个身材娇小的女性哦。"

"她不是很矮吗？你也看到了吧。她的身高够矮了，大概只有150厘米左右吧。"

"不是吧，以现在的女性来讲，她的身高算标准的，应该有160厘米。"

"不，她很矮！"

"不，一点也不矮！"

"是150厘米！"

"不，是160厘米！"

当两人争论得正热烈的时候，会客室的门打开，黛香苗用托盘端着红茶出现了。两位刑警从沙发上起身后，便从两侧逼近她的脸，并齐声提出同样的问题。

"你的身高多少？"

"请问你的身高是？"

"咦？"黛香苗先把盛着红茶的托盘放在桌上，然后一脸不可思议地注视着刑警们，"你们一开始就要问这个吗？"

嗯嗯，刑警们同时点了点头。黛香苗虽然露出一副莫名其妙的表情，却仍旧回答了这个问题："我的身高刚好160厘米，请问这有什么问题吗？"

在那一瞬间，丽子轻握拳头喊道"猜中了"，而风祭警部则是弹响指头并且"啧"了一声。

尽管这场询问是从如此奇怪的问题开始，黛香苗还是滔滔不绝地诉说起自己和野崎伸一的关系。两人的确正在交往中的样子。

"不过刚开始交往一个月左右而已。我们是在父亲找来后援会支持者举行的派对上认识的。野崎先生公司的社长是父亲后援会的干部，不过那位社长突然有事，不能参加派对，于是就由野崎先生代为出席了。"

"原来如此。以那场派对为契机，两位就开始交往了吧。"

"是的。我们当场交换了电子信箱，过了几天之后，他主动邀我吃饭。"

在那之后，两人似乎每周都会见上一面的样子。有时坐着男方的车兜风，有时在高级餐厅用餐。从她嘴里说出来的尽是这种老套的约会内容。老实说，丽子也想问问看两人的关系到底有多深，不过，看到她那么楚楚可怜的样子，丽子反倒不知道该不该问这么庸俗的问题了。于是丽子转而提出了其他问题。

"除了你以外，野崎先生还跟其他女性交往吗？"

"我想……应该是没有才对……不过，其实我也不太清楚。"

黛香苗露出不安的眼神摇了摇头。她是真的不知道，还是演技精湛呢？丽子无法判断。为了慎重起见，丽子询问她是否有不在场证明。

"昨天晚上八点左右，我人在家里。两位大可去问我父亲。"黛香苗很笃定地回答。

很遗憾，父亲的证词无法当作女儿的不在场证明。如果父亲是个即将面临选战的议员，那就更不能当真了。这时，风祭警部又直截了当地开口。

"为什么凶手要剥光野崎先生的衣服呢？关于这点，你有没有什么线索？"

"您说剥光衣服吗？这我也不清楚，"黛香苗轻轻地摇了摇头，然后马上又抬起脸来，"如果野崎先生还跟其他女性交往的话，说不定野崎先生正在和那位女性做……不……"

面对红着脸低下头的千金小姐，风祭警部投以虐待狂一般的视线。

"在做什么？请你说清楚！"

不知道是不是全裸杀人案的性质使然，这回的风祭警部跟往常大不相同，似乎完全开启了暗藏在心中的性骚扰模式。看穿警部企图的丽子嗯哼地清了一下嗓子，然后出手为这只遭受恶狼欺侮而不知所措的柔弱小羊解围。

"是性行为。野崎先生是在和女性进行性行为时遭到杀害的，所以才会全身赤裸，你是这么想的吧？"

"是的，没错！我想说的就是这个。"

黛香苗大概很开心吧，只见她像是膜拜似的合起双手，点头附和丽子所说的话。在丽子身旁，风祭警部一脸无趣地从鼻孔喷出不屑的气息。

询问完黛香苗后，刑警们告别了黛邸。等到坐进车里，风祭刑警才说出了丧气话。

"真可惜。如果黛香苗的身材再矮个十厘米左右的话，就跟宫下的证词完全吻合了。有没有什么方法能让身高暂时变矮呢——宝生，你知道吗？"

"这不可能啦，警部。穿上鞋跟够高的鞋子，的确可以让身高变高将近十厘米左右，不过颠倒过来是不可能的。"

现在还没有发明能够让身材变矮的方法。

"总之，我们去下一个地方看看吧，"丽子坐在副驾驶座上，翻阅手册，"被害人的第四位女友，名叫森野千鹤。听说她是被害人在三友生命保险秘书科的同事。"

"是秘书啊。话说这个名叫野崎伸一的男人，还真有女人缘啊。这里头是不是有什么内情呢？毕竟，那男人的家世、财产、脸蛋，还有身高都比不上我，照理来说，不可能会这么受女性欢迎才对。你也是这么想的吧，宝生？"

"……"

你是要我怎么回答啊！

结果丽子始终找不到能够应付上司问题的好答案，就这样沉默了数十分钟。丽子搭乘着警部驾驶的车，抵达了三友生命保险的总公司。那是一栋建在新宿商业办公区的摩天大厦。两位刑警在柜台要求会见秘书科的森野千鹤。秘书科的职员遭到杀害的新闻，似乎已经传遍全公司了。两人马上就被带往七楼的会客室，等待嫌犯登场。

"让两位久等了。"

森野千鹤在会客室入口规规矩矩地行礼致意。她穿着合身的深蓝色套装，是一位身材苗条的女性。虽然五官并不能说纤细美妙，但也算得上是个美女了。一头黑发乍看之下长度不长，不过，那是因为她把长发用心地绑在后脑勺上。身高极为普通。不，如果考虑到还穿着有跟的鞋子，她的身高应该算是矮的，大概刚好150厘米吧。正好与宫下的证词完全吻合。

风祭警部一边流露出与理想中的女性相遇的喜悦——也就是那让人感到恶心的阴险笑容，一边走近她的身边。

"原来如此，你就是森野小姐啊。嗯嗯，可以请你稍微转一圈吗？嗯，原来如此，原来如此。你的头发平常就是绑在后脑勺上吗？哈哈，是工作时的发型吧，毕竟你是个秘书嘛。所以工作结束后，你就会把头发解开了吧。想必你的头发一定是又长又美丽呢。"

"这个嘛，我的头发应该算长的——那个，请问您要做什么呢？"

警部不顾一脸惊讶的森野千鹤，就这样冒失地把手贴在她的头顶上，和自己的身高比划起来。不久，警部总算满意地点了点头，然后一边呢喃着说"150"，一边回到自己的位子上。丽子无视于这样胡来的警部，径自向森野千鹤问起了她与野崎之间的关系。

"我猜两位应该不只是同事关系吧。"

"您说得没错，我和野崎先生正在交往中。打从我被分到秘书科的时候就在一起了，所以已经差不多有三年了。您说交往的契机是吗？没有什么特别的原因，只是每天都在同一个职场见面，渐渐地我就喜欢上他了。他是比我早一年进公司的前辈，工作能力很强，而且他在很多方面也给了我不少指导。"

由于丽子有个缺乏教导能力的前辈，因此森野千鹤所说的话让她听了好生羡慕。

"除了你以外，野崎先生好像还有跟其他女性来往的样子。"

"别开玩笑了！难不成刑警小姐是指野崎先生脚踏两条船吗？"

"不……"其实不是脚踏两条船，而是脚踏四条船——可是真的把话讲明白了，森野千鹤或许会当场昏过去也说不定，丽子心想。不过，就算交往的时间长短各不相同，野崎伸一轮流和四位女性见面，这是毋庸置疑的事实。森野千鹤和他交往三年真的都没发现吗？不，森野千鹤恐怕就是察觉了他的花心，所以才愤而用他的烟灰缸把他殴打到死了。发现男朋友脚踏两条船的怨恨，足以成为杀人的动机。如果是脚踏四条船的话，怨恨的程度就更是呈倍数增长。

"顺便请教一下，"这已经成为丽子很熟练的问题了，"昨天晚上八点左右，你人在哪里？"

"我在自己家里。"森野千鹤这么回答。她独自一个人住在位于市中心的单身公寓，没有人能够证明她当时不在案发现场。

最后，风祭警部又针对那个老问题——为什么被害人会在全裸的状态下遭到杀害呢？——征询森野千鹤的意见。森野千鹤想了一会儿之后，便这么回答。

"其实凶手并不是想脱光野崎先生的衣服，只是拿他的衣服另作他用罢了。他穿的衣服对凶手而言可能具有特殊的价值，所以凶手才脱下衣服带走了。会不会是这样呢？"

"原来如此，真是有趣的意见啊。那么我请教你，野崎先生在公司穿的西装,是有什么特殊价值的东西吗?比方说国外知名的名牌——迪奥或纪梵希之类的。附带一提,我的西装是阿玛尼的。"

"不,他的西装大多是在青山或湖中之类的成衣西装店买的。"

听了森野千鹤的回答后,风祭警部夸张地耸了耸肩。

"那就没必要特地脱下来带走了啊。"

警部说出了这番与所有西服量贩店为敌的发言后,便结束了对森野千鹤的询问。

4

"这下子真相水落石出了。身高150厘米,又有一头美丽黑色长发的女性——"风祭警部一边以轻快的手势操作方向盘,将车子开往国分寺方向,一边这么断言道,"凶手就是森野千鹤。错不了的。对吧,宝生?"

"……"

很遗憾,只要风祭警部说"错不了的",在大多数的情况下都是"大错特错"。坐在副驾驶座上的丽子内心充满不安,那个秘书科的女性,真的是杀害野崎的凶手吗?

"假使森野千鹤是凶手好了,为什么她要把野崎的衣服脱掉,让他全裸呢?我不认为森野千鹤有理由要这么做。"

"关于这点,黛香苗的见解似乎切中了事实。也就是说,在两人进行性行为之前,或者是进行途中,悲剧发生了。我想八成是野崎太沉溺于性行为了,以至于不小心叫错了森野千鹤的名字吧,如绘里啦、彩啦，或者是香苗之类的。劈腿的男人通常会在这种地方露出马脚，一定错不了的。"

"原来如此。真不愧是警部，您的意见十分具有说服力——莫非是本人亲身体验的吗？"

"才不是！"警部的声音突然大了起来，好像要借机蒙混过关一般，"好，既然如此，我们得赶快回国分寺去。一定要在案发现场找出森野千鹤遗留的迹证才行。"

风祭警部用力踩下油门，让车子一口气加速飞驰。

不久，两位刑警回到"Heights武藏野"公寓后，便马上搭乘电梯来到五楼。不过，就在他们弯过L形走廊、朝着现场的房间前进的那一瞬间，出乎意料的障碍物阻挡在两人面前——"砰！"

风祭警部被突然出现在眼前的巨大肉墙给弹回来，整个人跌坐在走廊上。丽子在千钧一发之际闪过，赶紧抬头仰望弹开警部的巨大身躯。那是一个体形非常庞大的年轻男子。要是他穿着浴衣走在两国国技馆一带的话，别人一定会误以为他是排名相当高的相扑力士。

"你是谁？是这层楼的住户吗？上午没有看见你呢。"

"是啊，你们又是谁啊？啊，难不成是刑警吗？我听说啰，504室发生了杀人案吧。我现在刚起床，听到这消息真的吓了一跳呢。"

男子那双宛如橡实般圆滚滚的眼睛里，充满了好奇心。风祭警部一边啪啪啪地拍打高级西装的臀部一带，一边站起身子，对眼前的男子投以愤恨的视线。

"居然到了这种时候才起床，真是个奇怪的家伙——你的姓名跟职业是?"

仿佛是要报那个被撞之仇一般,风祭警部突然拿出官威,进行讯问。这也太滥用职权了吧。

不过男子却毫不抗拒地老实回答了。他叫杉原聪,据说职业是推理小说作家。

喔,推理小说作家啊,这个人到底都写些什么样的作品呢?是不是很有名气呢?丽子对此感兴趣,不过,风祭警部原本只是为了挑衅对方才发问的,所以并没有再过问这方面的事情。他只是摆出面对罪犯时的恐吓态度,自顾自地用盘问的语气问道。

"你认识504号的住户吗?最近有见过他吗?"

结果,杉原聪的嘴里吐出了意外的答案。

"我不晓得那是不是504号的住户啦,不过我倒是遇见过一位奇怪的年轻女性。"

警部和丽子不禁面面相觑。

"你说?"

"遇见一位年轻女性?"

"啊啊,是啊。大概是昨天晚上八点半吧,我从便利商店回来,正走在走廊上的时候,504号的门刚好打开,里头走出了一位年轻女性。那位女性穿着松垮垮的牛仔裤,上半身套了一件宽大的长袖衬衫,打扮得非常邋遢。如果我没记错的话,手上应该还拿着一个大纸袋。她感觉上似乎非常惊慌的样子。而且还戴着一顶帽檐很宽的帽子压住脸,就这样低着头走路,所以大概是看不太清楚前方,差一点就要撞上我了呢。"

"喂，那不是504号的住户！那就是杀人犯啊！"

从时间上来看，杉原聪撞见的那名神秘女子，很有可能就是正准备逃离现场的凶手。女子忌讳他人眼光的动作也印证了这点。拿在手上的纸袋内恐怕就装着从被害人身上脱下来的衣服。

"你有看到脸吗？那位女性的头发多长？"警部难掩兴奋之情。

"不，脸我不是看得很清楚，因为帽子遮住了。而且要是太明目张胆地打量对方的话，一定会被人当成变态的。"

"明目张胆地看又不会怎样！顶多是被当成变态而已，这有什么好在意的！"不知道是不是因为兴奋过度的关系，警部的发言变得语无伦次，"那么身高呢？你遇见那女人的时候，双方的距离不是近到差点互撞吗？那女人的身高大概多高？是这么高吗？"

这么说完后，警部将平举的手掌抵在眼前壮汉的脖子下方。那高度大概是150厘米。这样，案件就能一举解决啦——风祭警部怀着这种期待，干劲十足地询问男子。不过在他的眼前，杉原聪却像是晃动整个巨大身躯似的摇了摇头。

"不，没有那么矮。那女人的身高应该到我这边。"

这么说完后，男子把平举的手掌抵在自己的脸部中央一带。一瞬间，警部目瞪口呆了。杉原聪指出的高度，比警部所比画的还要高20厘米以上，也就是170厘米左右。以女性来说，是相当高大的身材。

在这起案件的嫌犯之中，只有一位女性身高符合，那就是被害人的青梅竹马，以成为演员为志向的打工族。风祭警部毫不犹豫地叫出她的名字。

"齐藤彩——果然是那家伙！就跟我想的一样！"

你明明就不是这么想的……

5

"所以，风祭警部认为齐藤彩是凶手，不过实际上又是怎样呢？的确，杉原聪看到的那位身材高大的女性，或许真是齐藤彩也说不定。不过即使如此，她也未必就是杀害野崎伸一的凶手。齐藤彩说不定只是在案发后不久，偶然来到被害人的公寓，然后一发现尸体就吓得逃走了。而手上拿着的纸袋里，则是放了她自己的私人物品——这种可能性也不能说没有吧？"

听到丽子这样征求意见，如影随形地伫立在她身旁的高大男子稍微弯下了腰。然后，仿佛这是他人生中唯一被赋予的台词一般，男子流利地回答道：

"是的，大小姐说得一点也没错。"

据说面积大到没有人能搞清楚到底有多少个房间的宝生邸里，在同样为数众多的其中一间大厅里，丽子让身体陷进从北欧订购来的高级沙发，跟影山说明今天的案件。

顺带一提，影山是这座宅邸的管家。虽然他对丽子来说只不过是个用人罢了，但是他的头脑却比丽子更适合用在犯罪调查方面。他曾经有好几次光听描述，就轻松解决了连警察也难以理解的离奇事件。对丽子而言，他是个非常好用，同时却也让她感到非常不快的男人。

"而且别忘了宫下弘明的证词。和被害人一起走出电梯的，是个身材娇小的年轻女性。如果从这位女性的身高与头发长度来考虑的话，凶手或许是森野千鹤也说不定。不过还没有确切的证据能断定她就是凶手。"

简单来说，现在的情况是齐藤彩与森野千鹤都同样有嫌疑。而且缺乏决定性的证据。在叹着气结束叙述的丽子身旁，影山恭敬地低下了头。

"原来如此，我已经大致了解整个案件了。想必大小姐一定感到很烦恼吧。我能够体会您的辛苦，"然后管家从银框眼镜底下，朝丽子投以疑问的视线，并说了这么一句话，"然后呢？"

"然后呢？"管家出乎意料的反应，让丽子忍不住在沙发上挺直了背脊，"等等，你说的'然后'是……"

"然后——您是要我解开谜题吗？大小姐——身为职业刑警的大小姐，居然要不过是区区一介管家的我解开杀人案的谜题？您是认真的吗？"

"哈。"丽子就像刚从催眠中惊醒过来一般，从沙发上站起身子。

你是怎么了，宝生丽子！你被难解的事件烦过了头，以至于连身为刑警的面子与身为大小姐的自尊都抛弃了吗？好死不死，居然还想仰赖这个男人的智慧！

丽子好不容易重整出带有威严的表情之后，才转过身子重新面对影山。"别开玩笑了！"她尽可能以强势的态度这么说道，"为什么我要借助外行人的力量呢？我只是认为你可能会想听，所以才说给你听的。这点难度的谜题，我自己就可以解开了。这不是理所当然的事情吗？"

"听您这么说，在下就放心了。其实我一直暗自担心呢。自从我介入大小姐处理的案件以来，有好几次都是靠我一个人的力量解决了难得的离奇案件，结果让大小姐渐渐变成了不被需要的存在——"

喂，你一定要说得那么难听吗？这个不讲理的管家！气得太阳穴频频抽动的丽子，正面指着影山的脸。

"我知道了，我自己解决总可以了吧。没什么了不起的，这种案件简单得很呢。既然现场附近有人目击到两位可疑的女性，那么凶手肯定就是这两人之中的一人。案件的答案已经近在眼前了。"

毕竟答案就是这两者其中之一，就算闭着眼睛回答，乱猜两次也总会猜中一次。

"哼，看来这一次，影山才是不被需要的存在呢。"

丽子一边闭上眼睛回想着齐藤彩与森野千鹤两人的脸，一边陷入了瞎猜式的沉思……要、选、哪、个、才、好、呢？

不过，经过短暂的沉寂之后，管家影山毫不留情的狂妄发言，再度袭向了丽子。

"请恕我失礼，大小姐，还是请您暂时退下好吗？"

丽子刹那间开始四处寻找可以拿来乱扔的东西。迈森的瓷器茶杯、古伊万里的花瓶、瑞士产的座钟——要拿来痛快地砸向无礼的管家，这些东西显然都有点太高级了。无可奈何之下，丽子只好选择一点也不高级的言语，朝影山的脸扔了过去。

"退下是什么意思!你才应该要退下吧!"

影山像是在闪避飞来的言语利箭似的摇了摇头。"我为自己无礼的措辞向您致歉,"并慎重地向丽子谢罪,"但我不能眼睁睁地看着大小姐犯错,而导致冤案增加。"

"冤案是什么意思啊!你想说我的猜测——不,你想说我的推理是错的吗?那可未必吧。毕竟概率是二分之一——"

"好了,问题就在这里。由此看来,大小姐似乎认定现场附近目击到的两位女性,其中之一就是真凶的样子。不过我并不这么认为。"

"你说什么?那么影山,难不成你的意思是,那两位女性都不是凶手吗?"

"不,正好相反。那两位女性恐怕都是凶手。"

"双方都是凶手……啊,对了!"丽子脑海里灵光一闪,"我懂了,那两人是共犯!"

神秘的两位女性是共犯关系。这的确是值得考虑的意见。

"对啊,比方说宫下弘明目击到的矮个子女性是杀人凶手,而杉原聪目击到的高个子女性则是拿走了被害人的衣服。这种合作模式也是很有可能发生的。"

全新的可能性让丽子惊喜地瞪大了眼睛。不过影山却静静地摇了摇头。

"不,大小姐。我的意思并不是指共犯。"

"咦?不是共犯吗?要不然到底是什么意思啊?"

面对着越来越陷入迷思的丽子,影山提出了出乎意料的独到见解。

"我认为被目击的两位女性，其实是同一个人。"

丽子默默地注视着影山的眼睛。他看起来不像是在开玩笑的样子。确认过这点后，丽子用讲解般的语气，指出影山的推理矛盾。

"昨天晚上，宫下弘明目击到的神秘女子是身高约150厘米的娇小女性。另一方面，三十分钟后杉原聪目击到的女性则是身高约170厘米的高个子。你说这两人是同一个人？"

"正是如此。"影山像是很理所当然似的低头致意。

丽子总觉得自己好像被愚弄了。"莫名其妙！"她忍不住大叫起来，"这不可能啊。难不成一个150厘米的女性，在短短三十分钟内就长高20厘米，变成170厘米吗？"

不过影山并没有回答丽子的问题，只是以自己的节奏缓缓说道。

"最可疑的是宫下弘明的证词。宫下因为闪到腰，不得不拄着拐杖弯着腰走路，姿势如此不自然的他，为什么能这么肯定素未谋面的女性身高是150厘米呢？"

"哎呀，那也没什么好不可思议的。宫下是借由和野崎比较，进而推测出那位女性的身高啊。住在野崎隔壁的宫下，知道野崎身高大约160厘米。而那位神秘女子的高度大概到野崎的耳边一带，所以他才判断那位女性的身高大约150厘米。宫下是这么说的，这没什么好奇怪的吧。"

"的确，这没什么好奇怪的。可是——"影山透过眼镜镜片对丽子投以锐利的视线，"当时野崎的身高真的是160厘米吗？如果当时野崎的身高是170厘米的话，情况又会是如何呢？"

"什么跟什么啊，根本不可能会有这种事吧！野崎怎么可能突然长高10厘米……"

"哎呀，大小姐，"影山一边轻轻地扶起镜框，一边露出嘲讽的冷笑，"我记得大小姐应该说过吧？您说要变高将近10厘米是有可能办到的事情。"

"莫非——你是说穿了高跟鞋那件事？"的确，丽子曾在风祭警部面前说过这样的话，"别傻了，那是指女性。野崎是男人耶。"

"但是，高跟鞋也有男用的。大小姐应该也知道吧，在邮购上耳熟能详的那个东西。"

听到邮购两个字的瞬间，丽子突然灵光一闪。

"那、那个东西该不会是'穿了就能让你长高八厘米'的商品吧？"

"是的，不愧是大小姐，"影山佩服似的低下头，然后说出了那个重要商品的名称，"就是您所知道的秘密增高鞋。"

秘密增高鞋。就是鞋跟部分做得比一般鞋子更厚，是为了解决矮小男性的苦恼而开发出来的高跟鞋。虽然商品名字里有秘密两个字，但是大家都知道这款商品的存在，正可谓公开秘密的魔法之鞋。

"这么一想，的确是有这种便利的商品……"本以为和犯罪无关的商品却意外登场，让丽子难掩心中的困惑，"不过等一等，我记得随着二十世纪的终结，那东西也从这个世界上灭绝了才对……"

"不，大小姐。就算到了二十一世纪，只要这世界上依旧有男性为了身高太矮而困扰，只要有女性依旧对身材高大的男性怀着无谓的憧憬，秘密增高鞋就永远不会消失。秘密增高鞋是永恒不灭的。"

"这也对。或许真的像你所说的，毕竟野崎的确是个身高不高的男性。可是你有证据吗？证明野崎是秘密增高鞋爱用者的证据。"

"不，我没有证据。不过，如果昨晚他使用了秘密增高鞋，而鞋子的效果也成功让他看起来变高了近10厘米的话，那么这次的全裸杀人案就变得十分合理了。"

"是吗？我倒是看不出来呢。"

拜托你，解释得让我也能听得懂吧——身为大小姐的自尊不容许丽子提出这种屈辱的请求，于是丽子想出了别的说法。

"拜托你！解释得让风祭警部也能听得懂吧！"

"遵命。"

影山行了一礼后，便从头开始说明——

"首先，昨晚野崎拜秘密增高鞋之赐，增高了10厘米左右，身高变成了近170厘米。以这点为前提来思考，野崎在这种状态下，他要做什么呢？当然是要和心仪的女性见面啰。而在约会途中，女方大概主动提出了这种要求吧：'今晚带我去你的家里。'"

原来如此，这的确是很有可能的，丽子心想。

"野崎刹那间喜出望外，却又深深地陷入了烦恼之中。这是占有她的绝佳机会，可是，让她进自己的房间，就意味着自己必须脱掉鞋子。该怎么办才好呢？不过，关于野崎内心的纠葛，在这里就不多赘述了。总之，野崎经过一番挣扎，最后还是选择了带女方到自己的家里去。这是很危险的决定，然而心仪的女性就在眼前，他怎么样也不能眼睁睁地放过这千载难逢的好机会。"

影山边说边点头，仿佛诉说着"我懂我懂"似的。他应该很能体会吧，丽子心想。

"于是，昨天晚上八点左右，野崎带着年轻的女性出现在'Heights武藏野'五楼的电梯间。两人刚好遇见了闪到腰的宫下。这时，如果宫下挺直腰杆的话，或许就会发现野崎的身高比平常还要高一些。不过，弯着腰拄着拐杖的宫下，却什么也没察觉到，依然深信野崎是平常那个矮小的男人。然后他便贸然地断定那位看起来比野崎还矮的女性，身高只有150厘米。"

"不过实际上当时的野崎有将近170厘米。这么说来，跟他在一起的女性就是160厘米左右啰？"

"正是如此。"在影山说出这句话的同时，齐藤彩和森野千鹤的身影也跟着从丽子的脑海里消失。紧接着浮现出来的是第一发现者泽田绘里，以及议员之女黛香苗。两人身高同样都是大约160厘米。

"这次的悲喜剧，接下来才真正开始。野崎邀请那位女性进入自己的公寓，然后他本人也脱掉秘密增高鞋走进房间。于是两人的身高突然变得几乎一样了。在那一瞬间，女方头顶上大概冒出了一大堆问号吧。至于男方在这种情况下会怎么做呢，他应该会说'哎呀，没关系啦'——想要这样蒙混过去。"

"男人都是这样子的吗？"

"男人都是这样子的，大小姐。"

"嗯……"听到影山斩钉截铁地如此断言，丽子也只能接受了，"我知道了，继续说下去吧。"

"是。对女方而言,这可不是用一句'哎呀,算了'就能蒙混过去的情况。毕竟原本身高 170 厘米的帅气男友,眨眼间就变成了 160 厘米的小不点。女方气得大喊'你骗了我!'才是正常的反应。另一方面,男方也不甘示弱,突然正颜厉色地喊道:'个子矮有什么不对吗!'于是,本应是两人相亲相爱互诉情话的 504 号房内,如今已然化为背叛、憎恨、失望,以及自卑感交织的人间炼狱。然后悲剧终于发生了。"

"女人用烟灰缸殴打男人的头。因为刚好命中了要害,所以男人死了。"

"正是如此。事件本身只不过是一场情侣争吵中偶然发生的事故罢了。不过杀人就是杀人,女性凶手马上就想要逃离现场。这时,某样东西却突然吸引了她的注意力。那是非常琐碎的事情,却又不能置之不理。您明白吗?"

"我完全搞不清楚这是怎么一回事……你说的是什么啊?"

"那就是被害人野崎伸一穿的长裤裤管。"

"裤管?为什么长裤的裤管不能置之不理呢?"

"是。为了将秘密增高鞋的效果发挥到最大限度,那条长裤的裤管,恐怕做得比一般长裤更长。也就是裤管的部分会多一截出来。在穿着秘密增高鞋的状态下,较长的裤管能够达到遮掩厚底鞋的作用。相反的,在脱掉鞋子的状态下,多出来的裤管看起来就非常邋遢。专业的警方调查员看了这种长度不自然的裤管之后,他们会怎么想呢?'被害人会不会是穿了秘密增高鞋呢?'说不定有哪个精明的调查员,会立刻想到这一点吧。而凶手害怕的就是这件事情。"

国立署里有这么精明的人吗？虽然丽子对此感到怀疑，不过这不是重点——"就算调查员查出野崎穿了秘密增高鞋，那又有什么关系？这件事曝光的话，真有那么不妙吗？"

"至少不会是件好事。秘密增高鞋这种道具，主要是男性为了吸引女性欢迎而使用的。这种东西的存在，会让人联想到被害人死前曾和女人见过面。"

"是吗？不是也有人会穿去公司吗？"

"的确有人会这么做，但至少野崎先生不是如此。这点只要看他摆放在房间玄关的其他鞋子就知道了。摆放在鞋架上的是很普通的皮鞋。也就是说，他的秘密增高鞋并不是用在上班通勤这方面的。他在公司里，还是一名身高160厘米的矮个子男性职员，很普通地在公司里活动。这样一来，他会穿上秘密增高鞋赴约的特定对象，就不是同公司的女性了，而是公司外的女性。"

"原来如此。野崎穿了秘密增高鞋这个事实，让嫌犯的范围一口气缩小了。那对凶手而言十分不利。"

"是的。正因为如此，凶手才想隐匿秘密增高鞋的存在。此外，凡是会让调查员脑中稍微闪过秘密增高鞋这个线索的危险性，也要一并予以排除，凶手大概是这么想的吧。于是凶手采取了什么样的行动呢？——我想您已经知道了，大小姐。"

"我知道。凶手脱掉了被害人的长裤对吧？为了把裤管过长的裤子藏起来。"

193

"真不愧是大小姐，果然慧眼独具，"影山摆明了在说奉承话，"不过，如果只脱掉长裤的话，反而会让调查员的注意力集中在为什么只有裤子被脱掉这一点。调查员恐怕会更仔细地去调查衣橱里的长裤吧。如此一来，调查员或许就会在那里找出好几条裤管同样过长的长裤也说不定。这对凶手来说，无疑是自找麻烦。"

"只脱掉长裤的做法太不周详了。"

"是的，于是凶手决定把尸体上半身的衣服也脱掉。凶手褪去棕色的西装外套，也脱掉了白色衬衫。这样一来，尸体身上就只剩下内裤了。到这个地步，就几乎形同于全裸了。那么，干脆把内裤跟袜子也全部脱掉，让尸体一丝不挂好了——就算凶手会这么想，也没什么好令人不可思议的。"

"的确，做得这么彻底，反而难以看出凶手的意图。"

实际上凶手也真的选择了这种做法。所以个头矮小的单身男性房里，才会像这样出现了离奇的全裸尸体。案件的全貌逐渐被揭开，这份惊喜令丽子难以掩饰内心的兴奋。

"让被害人全裸的凶手，之后又怎么了？"

"凶手把从被害人身上脱下来的衣服装进纸袋后，就准备逃离现场。当然，放在玄关的秘密增高鞋也不能忘记带走——恐怕就在这个时候，凶手脑海里浮现出一个点子。"

"点子？"

"是的。可以更安全地逃离现场的点子，也就是变装。不过那不是一般的变装，而是更为有效、能让自己的身高一瞬间增加将近 10 厘米的变装。用来完成这种变装的道具就在眼前，凶手没有不用的道理。"

"对了！原本是被害人使用的秘密增高鞋，这回被凶手拿来利用了吧。"

"是的。虽然性别不同，但被害人跟凶手的身高几乎一样，脚的尺寸大概也差不了多少。只要在脚尖垫一点填充物，女性也能穿得下那双秘密增高鞋。当然，毕竟是穿着男用的鞋子，外观自然不是太美观。不过，只要穿上裤管加长的长裤，鞋子看起来就不会那么引人注目。而这种裤管加长的长裤，就放在被害人的衣橱里。"

"凶手从衣橱里找出裤管又长又宽松的牛仔裤，并穿上了它。"

"还有男性的长袖衬衫和有帽檐的帽子。这些东西都是从衣橱里借来的。至于凶手的长发，大概是藏在帽子里了。像这样完成变装之后，凶手便拿着纸袋离开了504号。这是昨天晚上八点半左右发生的事情。"

"在那之后，凶手在走廊途中差点撞到了杉原聪。毫不知情的杉原误以为对方是身高约170厘米的女性。利用秘密增高鞋的变装完全奏效了。"

"是的，这样您能理解了吧。两位目击者，宫下与杉原并非分别目击到不同的两位女性，只不过被害人与凶手交替使用了同一双秘密增高鞋，导致宫下误判那位女性是150厘米，而杉原则误判同一位女性是170厘米罢了，并不是凶手突然长高了。"

"原来如此。影山你说得对，这两人的确是同一个人。"

丽子感叹似的沉吟着说。当然，影山的推理终究只是在'野崎伸一穿秘密增高鞋'这个假设之下推演而来的。不过，将全裸的尸体以及两名目击证人的证词完美地连结在一起，他的推理果然还是切中了案件的核心吧。影山这次又凭着他优异的能力，漂亮地解开了全裸杀人案之谜。他才是那个慧眼独具的人，丽子不得不感到佩服："然后呢？"

"然后？"仿佛听到了什么意想不到的话，影山不停地眨着眼睛，"您所谓的'然后'是指什么呢，大小姐？"

"然后——简单来说，杀害野崎伸一的凶手到底是谁呢？既然都能推理到这种地步了，你应该知道吧。好了好了，别再装模作样了，快告诉我吧。"

"啊啊，大小姐……"影山像是深感失望似的缓缓摇了摇头，然后以怜悯般的视线注视着丽子，"大小姐您是国立署搜查一课的现任刑警啊。请您自己动脑筋想想看吧。就是因为这样，您才会被人嘲笑是'不被需要的存在'啊。"

"这话根本就是你说的吧！"

丽子感到十分不满，她无法忍受被管家这种货色继续愚弄下去了。

"我知道了。就算你不说，我自己也会想。哼，这还不简单。总之，凶手是身高160厘米左右的年轻女性。也就是说，凶手肯定是泽田绘里或黛香苗。答案也不过就二选一嘛——"

然后丽子立刻闭上眼睛，要、选、哪、个、才、好、呢……

"请您不要乱猜，大小姐，"影山已经看穿了一切，"泽田绘里和黛香苗何者才是凶手,只要从逻辑上来想,马上就会知道的。"

虽然不擅长所谓的逻辑,不过既然都被侮辱成这样了,丽子也只能自己动脑思考了。她坐在沙发上盘起双手,然后一边皱起眉头,一边装出拼命思索的模样。不知不觉间,智慧之神总算降临到丽子头上了。没错没错,重点果然是秘密增高鞋。

"简而言之,问题在于野崎伸一是穿着秘密增高鞋跟某位女性交往。两人是在派对上认识的,交往的时间只有一个月。这点两者都没有差别。"

影山只用眼神表示同意,表情连变都没变。丽子信心满满地接着说:"不过泽田绘里曾和野崎两人一起去海边玩过。她出示了在海水浴场拍下的照片,所以这点绝不会有错。虽然照片并没有拍到脚下,但野崎总不可能连在沙滩上也穿着秘密增高鞋。也就是说,野崎在泽田绘里面前,完全表现出真正的自己。如此一来,现在野崎和泽田绘里约会时,再穿什么秘密增高鞋也没意义了。所以泽田绘里并不是凶手。"

然后像是为这次的案件做总结似的,丽子说出了真凶的名字。

"凶手是黛香苗。野崎为自己增高,想要高攀议员的女儿。"

我的推理如何呢?——丽子战战兢兢地窥探影山的表情。

管家仿佛忘却了自己过去曾数度口出狂言,脸上浮现出微笑,然后深深地鞠躬致敬,并且用沉稳的低声说道。

"真是精彩,不愧是大小姐——"

第六部 请看来自死者的留言

1

"杀害儿玉绢江的恐怕是长男和夫。和夫与绢江在公司的方针上意见相左,所以才引发了这次的案件。是这样吧,宝生?"

"可是我们没有证据,而且和夫目前还有不在场证明。"

一个闷热的夏夜。以黑暗为背景从巨大门扉里现身的是风祭警部与宝生丽子。风祭警部穿着一身白色西装,完全展现出他异于常人的品位。还好他的身份是警官,假使他是黑道人物的话,这个打扮就活像是帮派的少当家了。另一方面,丽子则是穿着散发高雅光泽的灰色长裤套装。这是根据身为社会人的常识而做的打扮。

从事金融业的儿玉绢江的豪华宅邸前,沿着围墙齐头并排的数辆警车之中,一辆英国车反射月光,绽放出银色的光芒。风祭警部倚在车旁,用一种很微妙的眼神盯着身旁这位美丽又带着一股英气的部下。

"不过调查才刚开始呢,以后还有的忙。由于昨晚的案件熬了一整夜,今天一整天又东奔西跑的,真是累死人了。今晚你就好好休息、养精蓄锐吧。噢噢，对了，这下正好！"这么说道，风祭警部伸手打开爱车的副驾驶座车门，"宝生，坐我的捷豹吧。我送你回家——"

"不用了！"丽子砰一声地把打开的车门给推回去，然后用犀利的眼神穿越装饰用的黑框眼镜瞪着上司，"没那个必要。我搭出租车回家。"

仿佛被她的气魄压倒一般，风祭警部用背靠着爱车的侧面说道：

"你总是不愿意坐我的捷豹——真有那么令人厌恶吗？你真的那么讨厌捷豹吗？"

"不，我并不是讨厌捷豹——"

请不要逼我继续说下去，警部。被丽子轻轻一瞪后，警部似乎也敏感地察觉到了什么，那张端正的脸上浮现出痉挛般的笑容。

"我知道了。既然你都这么说了，我也不能勉强你，"迅速坐上捷豹的警部，从驾驶座的车窗探出头来，"那么，明天现场再见。"和部下约好之后，他立刻发动了爱车。违反限速的捷豹吱轧一声绕过转角后，便从视野之中消失了。

"看他飙成这样，不要被电子警察逮到就好了……"

虽然身为部下还是不免会担心，不过罢了，那是警部自己的事情。不管是用头衔、权力，还是财产，他大概会用尽一切可能把交通罚单给抹掉吧。毕竟风祭警部是国立署内最年轻的精英刑警，同时也是风祭汽车创业者的公子。

"不管这个了。"丽子一边走在马路上，一边拿出手机，拨打熟悉的电话号码。对着手机说了一句"结束了"之后，过了一分三十秒，一辆豪华礼车悄然无声地停在丽子身旁。话说丽子是国立署内最年轻的美女刑警，但是她同时也是闻名全球的宝生集团总裁的掌上明珠。

"让您久等了，大小姐。"

明明现在是闷热难耐的夏天，从驾驶座里站出来的银框眼镜男子却穿着两件式的黑色西装。他一边弯下修长的身躯行礼，一边打开后座的车门，护送丽子上车。这个名叫影山的男子，是在宝生家里服务的管家兼司机。

"谢谢。"丽子优雅地点了点头，穿过车门进入车内。她一坐上那个会让人误以为是豪华沙发的后座，立刻大叫着"啊——真是累死人了"，然后拿掉工作用的黑框眼镜，解开绑在后脑勺的头发。甩开人民公仆——刑警这样的假面具，重新恢复成千金大小姐，这个瞬间，对丽子来说，是无比幸福的时刻。话虽如此，她还是不可能立刻把正在侦办的案件给忘得一干二净。

"你随便绕一会儿吧，我要想点事情。"丽子对驾驶座上的管家下令。

"是风祭警部的事情吗？"

咚——丽子从座椅上跌下来，发出了好大一声。"才不是呢！是案件啦！"

"噢噢，您是说昨晚的案件啊，"影山一边熟练地发动车子，一边说道，"从事金融业的女性，在自家书斋被人殴打头部致死。这起案件有可能是债务人挟怨报复——谈话性节目上的名嘴是这么说的。"

"喔，是吗……"这家伙！人家在努力工作的时候，你还有空闲看什么谈话性节目啊!

丽子突然觉得自己好像总是在白忙一场的感觉,因而失去了自己思考的热情。还是交给影山去想吧,虽然这事不好大声张扬,不过,最近看似由丽子解决的数起案件,其实几乎都是——不,其实全部都是——靠着影山优异的能力解决的。只要提供正确的信息给他,他的推理与分析能力绝不是那些名嘴可以比拟的。

"听好了,影山。虽然我不知道电视上是怎么讲的,不过,这起案件并不是债务人挟怨报复。我猜想可能是跟家庭内的纠纷有关。真凶肯定是儿玉家的成员,因为被害人用血迹在地板上留下了凶手的名字——"

"这就是所谓的死前讯息吧。那么,上面写了些什么呢?"

面对着对案件感兴趣的影山,丽子叹着气回答:

"要是看得出来,就不用那么辛苦了……"

2

儿玉绢江是消费性贷款机构"儿玉融资"的强势独裁社长,这个机构以亲切有礼的接待方式、令人感到放心安全的利率,以及冷酷无情的债务回收为武器,在不断扩展业绩当中。而那位儿玉绢江社长,如今却被人发现陈尸在自家书斋里。

丽子第一次获知这个消息,是在昨晚九点刚过不久的时候。当时丽子已经把叉子刺进鹅肝煎得微焦的部分,蘸上酱汁(印象中是普罗旺斯风),正准备要下刀切开的时候。由于突发事件,丽子无福享受这顿优雅的晚餐，就这样匆匆忙忙地赶赴现场。

"啊啊，好想吃鹅肝啊……鹅肝应该也想被我吃掉吧……"

在影山驾驶着豪华礼车载着丽子火速赶往现场的这段期间，丽子一面吐露内心的遗憾，一面拿起便利商店买的饭团果腹。丽子在距离目的地不远的地方下了车，然后独自步行赶到现场。丽子是宝生家的千金，她的真实身份就算在警署里，也是只有极少部分高层才知道的最高机密。所以她不能像风祭警部那样嚣张，做出开着亮银色捷豹前往现场的行为。

儿玉绢江的宅邸位于国立市临近多摩川的幽静住宅区一角，那是一栋兴建在宽敞的地皮上、外观仿砖造的三层建筑。进入时髦的玄关后，首先映入眼帘的是伞架。不知道为什么，有两支球棒跟雨伞一起插在伞架上。一支是金属制的，另一支则是木制的。这会是用来击退小偷的武器吗？

丽子一边想着这种事情，一边踏进了宅邸内。调查员已经把整个走廊都占据了。丽子立刻前往位于一楼尽头的书斋，在书斋的入口处，早一步抵达现场的风祭警部身穿白色西装，正臭屁地——不，是英姿焕发地指挥现场。

"哎呀，宝生，你来得真快啊，"不过我来得更快呢，风祭警部仿佛带着炫耀的表情举起一只手招呼她，"事不宜迟，我们马上来看看尸体吧。在这边。"

警部带着丽子进入书斋。那是间铺了米黄色地毯、大小约三坪的书斋。在靠近房间中央处，一位女性仿佛摆出高举双手欢呼的姿势趴在地上。女性身上穿着印花连衣裙，以五十二岁的年龄来说，实在太过于花哨。体形神似汽油桶。要是没有那一条围在躯体上的白色皮带，根本无法判别出哪里才是腰部。烫得卷卷的头发被血浆浸湿，看来头部受到了重击。

"就如你所看到的，被害人是后脑勺遭到殴打致死。这无疑是一起杀人案。顺带一提，凶器好像是铜制的奖杯。"

"奖杯吗？"就丽子所见，尸体身边并没有看似奖杯的东西。

"沾有血迹的奖杯，已经在二楼的房间里找到了，那应该就是凶器没错。不过这件事放到以后再调查吧——宝生，看到这具尸体时，你没有察觉到什么吗？"

"这个嘛，"丽子用手指扶着装饰用眼镜的镜框说，"被害人的右手……"

"你看被害人的右手，宝生。只有右手的食指沾染着血迹。而且你看手指附近的地毯。怎么样？是不是只有那里沾染了一片很不自然的血渍呢？你明白这是什么意思吗？"

"……"不就是死前讯息吗？警部。

"要是你还不明白的话，我就告诉你吧。这是死前讯息啊，宝生！"

我就知道你会这么说。"可是警部，正确说来，这是……"

"正确说来，这是死前讯息的遗迹、残骸，也就是说，已经遭到破坏了。"

"……"我就说嘛——丽子已经什么话也懒得讲了。

"你看，宝生。尸体旁边还有一条染血的毛巾对吧？根据我的推测，被害人八成是在奄奄一息之际，竭尽最后的力气，试图留下死前讯息。可是不巧的是凶手注意到了这点，于是凶手拿起了放在房间里的毛巾，使劲摩擦地毯上的血字，把它弄成无法辨认的状态。"

"原来如此，那还真是遗憾啊，警部。儿玉绢江到底是想留下谁的名字呢？"

"如果知道这点的话，我们就不用那么辛苦啦。不过事到如今，埋怨也无济于事了。"

听着风祭警部的叹息声，丽子重新将视线转向了地毯上。之前曾书写着某人姓名的那个地方，如今只剩下一片无意义的红色污渍而已。

接着丽子和风祭警部一起前往宅邸的二楼。两人的目的地是绢江的丈夫——儿玉宗助的寝室。据说那座疑似凶器的奖杯，就是在这间房间里被发现的。一踏进房间里，马上就能看出明显异常的景象。面对庭院的玻璃窗被砸得稀巴烂，玻璃碎片凌乱地散落在靠室内这一侧的窗边。警部一边远眺窗外，一边以惊讶的语气说道："唔，这简直就像是技术拙劣的三脚猫小偷，不顾一切硬要闯进来嘛。"

另一方面，奖杯则是横躺在散落着玻璃碎片的地板上。虽然奖杯的高度只有三十厘米左右，但外观看起来很有重量感。奖杯前端装饰着一个握着球棒的打击者雕像。

"这似乎是棒球大赛的优胜奖杯呢。底座的部分沾了血，看来这的确是我们要找的凶器——可是，为什么凶器会在这里呢？"

有疑问的话，直接询问相关人士是最快的。这间寝室的主人马上就被找来了。

儿玉宗助，今年五十岁，是绢江的第二任丈夫。他穿着深蓝色的POLO衫，配上棕色的长裤，这是很平凡普通的打扮，不过和死去的绢江那身花哨连衣裙相比，他的服装实在是太朴素，太死气沉沉了。就年纪来说，绢江年纪较大，在公司里也是由绢江来担任社长，宗助则是担任董事。所以可以确定这两人的夫妻关系中，是由老婆来主导一切。

可以请您从头开始说明吗？在警部这番催促下，宗助开口了。

"那是晚上九点左右的事情。在客厅看完八点档以后，我想要用电脑确认一下有没有新的邮件，于是爬上楼梯，前往自己的寝室——"

当宗助走在二楼的走廊上时，一阵巨大声响突然传进他的耳里。紧接着又传来像是什么重物砰咚一声猛力撞击地板的声音。这两个声音似乎都是从宗助自己的房间里传来的。宗助慌慌张张地跑到自己房间，并且战战兢兢地打开房门。他看到了房间里玻璃窗碎落一地、乱七八糟的画面。是谁故意丢石头恶作剧吗？宗助一开始是这么想的。不过仔细一看，地板上除了碎玻璃之外，还有一个铜制的奖杯。看来，可能是谁把这座奖杯扔进了宗助房间的窗户里。宗助马上把头探出窗外，窥探庭院的情况。然而昏暗的庭院里已不见任何人的踪影。到底是谁，又为什么要做出这种事情？尽管觉得不可思议，宗助还是把脸凑近奖杯一看，结果发现了意外的事情。

"这奖杯上怎么会沾满了血呢！我吓得发不出声音。就在这个时候，家里的人也听到了刚才的巨大声响，于是全都聚集到这间寝室里了——不，不是所有的人。只有一个人没有出现，那就是绢江。只有内人没有出现。可是，玻璃破裂的声音明明传遍了整栋房子啊！"

"唔，破碎的玻璃窗，沾了血的奖杯，以及不见人影的绢江夫人——那么各位是怎么处理的呢？"

"当然是马上搜寻她的下落啊。我们并没有分头寻找，而是所有人聚在一起共同行动。因为已经有了不祥的预感，大家都认为这样做会比较安全。我们首先前往绢江的书斋，她多半是在书斋里打发晚餐之后的时间。而实际上，她也的确在那里——"

"只不过后脑勺遭到重击，已经变成了一具冰冷的尸体了吧。"

"是的，她的确是没气了。不过正确来说，她还不是一具冰冷的尸体。因为尸体还残留着些许温度。"

"也就是说，她刚死没多久吧。嗯，这样的话……"风祭警部转身背对宗助，并对丽子轻声说，"简而言之，这个凶手在接近晚上九点的时候，用奖杯打死了绢江夫人，紧接着又从庭院里把凶器扔进这个房间——是这样没错吧？"

"看来的确是这样。"可是，凶手有必要用这种方式丢弃凶器吗？虽然丽子脑海里浮现出这个很单纯的疑问，不过她也没有什么其他想法足以反驳警部的假设。"总之，这样就能缩小犯案时间的范围了，警部。"

"是啊，"警部露出了含意深远的笑容后，便再度转身面向宗助，"顺带请教一下，这栋宅邸看起来十分气派呢，想必保安方面也相当用心吧？"

"是啊,毕竟我们做的是容易惹来怨恨的生意。基本上,只要有外人试图跨越围墙或大门,保安系统就会响起警报。绢江就是这么设定好的。嗯嗯,今天晚上警报并没有响过。"

"那么绢江夫人遭到杀害,就极可能是宅邸内部的人干的好事啰。"

果然是这样啊,宗助不安地低声呢喃。风祭警部很满意地点了点头,接着就大摇大摆走出房间,然后召唤那些正在走廊上待命的制服警察,同时臭屁地——不,是迅速又准确地下令。

"把宅邸里的人全都集合到一楼的大厅,我要亲自问话。"

3

儿玉家的大厅里摆设着西洋式盔甲、象牙以及鹿的标本等装饰品,充分地展现出豪宅主人的低劣品味。而聚集在此的人总共有七位。

首先是绢江的丈夫宗助。然后是三个小孩——不过他们各个都已经长大成人了。以长男和夫为首,底下还有明子、吾郎两位弟弟妹妹。这三位兄弟姐妹,全是绢江与前夫所生的孩子,和宗助没有血缘关系。听说宗助和绢江之间并没有生下孩子。

此外,由于适逢暑假的关系,绢江的堂哥儿玉谦二郎也带着他的女儿来玩,顺便住上几天。谦二郎是"儿玉融资"关西分店的店长。女儿里美就读初中一年级,是个娇小可爱的女孩子。最后一人,则是住在宅邸别府的年轻男子,名叫前田俊之。据说他是深得绢江信赖的秘书兼司机。

风祭警部藏身在大厅入口的大门阴影处,窥探着大厅的情况。

"听好了，宝生。最重要的就是晚上九点左右的不在场证明。这段时间没有不在场证明的人，就是最可疑的嫌犯——虽然表面上看是这样，但是实际上却并非如此哦。"

"您说并非如此？"

"事实上正好相反。晚上九点左右拥有最合理的不在场证明的人，才是最可疑的家伙。"

"噢，"看来风祭警部的心思，比想象中还要来得更为缜密许多呢，"也就是说，警部认为凶手将作为凶器的奖杯扔进宗助房里，是为了不在场证明所做的准备啰？"

"当然。不从这个角度去看的话，就无法解释凶手的怪异行为了，"警部这么断言，"好了，接着就来听听凶手捏造的不在场证明吧。"接着，他装出一副什么也不知道的模样，从容不迫地走向大厅中央。一家人的视线瞬间集中在警部身上。

"呃——我想请问各位，晚上九点左右在哪里？在做些什么呢？"

警部笑容满面地开始询问。就像大多数的警部一样，风祭警部似乎也把搜集不在场证明当成了休闲兴趣。

最先开口的是儿玉宗助。"我在那段时间的行动，已经跟刑警先生报告过了。可是我是自己一个人，所以算不上是不在场证明吧。和夫君呢？"

被继父客气地加了个"君"字称谓的长男——儿玉和夫，是个穿着条纹衬衫、身材高的男子。梳得整整齐齐的头发，看起来就像理发店的样本照片一样。他年纪轻轻就已经在公司内担任重要的职位，绢江夫人对于家族的照顾和爱心由此可见一斑。和夫带着紧张的神情开口回答。

"那个时间，我也是在自己的房间里。我正在看书的时候，突然传来了玻璃碎掉的声音。因为我是自己一个人，所以也拿不出不在场证明。明子呢？"

"我也没有喔。"一位长发烫得像螺旋阶梯一样卷卷的、衣着打扮十分夸张的辣妹这么回答。她是长女明子。听说平常她都是待在家料理家务，不过那做了艺术指甲的修长手指，大概也不可能会洗杯子吧。

"玻璃碎掉的时候，我在自己的房间里用手机玩游戏。吾郎在做什么呢？反正你也没有什么不在场证明吧。"

被姐姐揶揄似的这么一说，吾郎仿佛埋怨着"别闹了"一般，悄悄瞪了明子一眼。吾郎是在东京念大学的大三学生。一头过长的头发染成了棕色，耳垂上还戴着耳环。虽然乍看之下给人一种吊儿郎当的感觉，不过他的体格魁梧，露在T恤外头的手臂也很粗壮。

"我也是一个人待在自己房间里。那时候我在睡觉，所以没办法提出不在场证明。"

简单地说，这三位兄弟姐妹都分别待在自己的房间里。直到晚上九点听到玻璃破碎的声音之后，才各自赶到宗助的房间。这并不是什么值得大惊小怪的状况。

紧接着询问的是儿玉谦二郎和里美父女两人。绢江的堂哥谦二郎跟绢江很像，同样也是个汽油桶体形的中年男子，穿在身上的白色衬衫纽扣好像随时都会绷开来似的。容易出汗的谦二郎一边用手帕擦拭额头上的汗水，一边回答。

"当时我正在洗澡。就在洗完澡、准备穿衣服的时候，我听到了玻璃破碎的声音，于是连忙赶往二楼。因为浴室里只有我一个人在，所以我也不能算是有不在场证明——里美那时候人在哪里呢？"

"我一个人待在房间里，所以没有不在场证明。"

里美面无惧色、毫不犹豫地面对警部这么回答。虽然她说话的语气像个小大人，不过印有黑猫图案的T恤和格子裙的打扮，仍旧充满了少女的气息。尽管脸蛋长得很可爱，面对风祭警部时，表情中却隐约透出警戒之色。这也不无道理。毕竟少女那特有的直觉，可以分辨出谁是可怕的大人。

最后剩下来的，就是身份特别的前田俊之。秘书兼任司机的他，穿着一身黑色西装，一动也不动地站在一旁。那副模样看起来像个优秀的保镖，或者说像是一只忠实的看门狗。跟影山有点相像呢，丽子暗地里这么想。这位前田俊之似乎是个沉默寡言的男人。"我没有不在场证明，当时我正一个人在车库里保养车子。"他只短短地回答了这么一句话。规规矩矩的语气，也跟影山一模一样。

这样一来，嫌犯们大致上都回答过了。到底他们的答案能不能让风祭警部感到满意呢？丽子好奇地窥探着警部的表情，警部也不顾旁人的眼光，独自一人面对着墙壁，咯吱咯吱地抠着壁纸，并且呜咽了起来。"为什么？为什么没有人提出不在场证明……你们是白痴吗？好歹也看看现场的气氛啊，随便提出个不在场证明嘛……"

"您在干什么啊，警部！这里是别人家耶！而且还是在嫌犯的面前!"丽子连忙劝阻警部胡说八道,"现在沮丧还太早了吧。既然所有的人都没有不在场证明的话,那就表示所有人都很可疑——对吧?"

"话是这么说没错啦,可是所有人都很可疑的话,调查根本就没办法进展下去啦。"

面对难得说丧气话的风祭警部,明子大声地抗议。

"请等一等,刑警先生。什么叫所有人都很可疑,您可不要说得那么轻松,毕竟有一个人是百分之百有嫌疑的呢。我说得对不对啊,吾郎?"

"嗯嗯,听你这么一说,的确有个家伙曾经扬言说要宰了老妈呢。"

这是怎么一回事?丽子与警部面面相觑。面对不知所以然的两人,明子开始诉说起这天晚餐时,餐桌上爆发的小骚动。

事情的起因,是绢江对和夫抱怨公司的业绩不振。绢江一边用叉子刺穿滴着肉汁的炸猪排,一边碎碎念说:"最近的催收是不是太过松懈了?"

绢江在这个家握有最大的掌控权,因此她所说的话不容反驳。可是,和夫却端着装了蛋花汤的碗回嘴说:"现在的做法,已经几乎接近违法了啊。"

突然坏了心情的绢江,一边大口嚼着醋渍沙丁鱼薄片,一边质问:"你是在不高兴什么?"

于是和夫咬着炸虾,说出了禁忌的台词:"我无法再继续做这种剥削他人的工作了。"理所当然怒上心头的绢江,居然用自己的叉子刺向和夫嘴里咬着的炸虾,并且破口大骂:"你以为你是靠谁才有饭吃的？"

之后绢江和和夫便一发不可收拾地拍桌互骂。盘子与叉子此起彼落，炸猪排与炸虾在空中交会飞舞，这般超现实的餐桌风景就此上演。

"最后妈妈说了一句'什么剥削他人，下次你敢再说这种话，我就宰了你'。"

"嗯嗯，然后大哥也不甘示弱地回嘴说'我才要宰了你呢'。真是吓死人了。"

结果发生争执的双方互相撂下狠话，然后愤愤离开了餐桌。顺带一提，散落在餐桌周围的炸猪排、炸虾，以及醋渍沙丁鱼薄片，等等，好像是由留下的人津津有味地吃掉了（至于这一段是真是假就不得而知了）。

"原来是这么一回事啊……"风祭警部低语过后，便立刻向和夫确认事情的真伪，"你真的说了这种话吗？什么'我要宰了你'之类的。"

"是的，我确实说了这句话。不过我并不是认真的，那只是家人吵架罢了。因为老妈先出言恐吓，我一时激动，才不小心说得太过火了。我不可能真的想要杀她啊。"

"这可难说哦。说不定你真的遵照自己所说的话，付诸实行了呢。毕竟绢江夫人一死，庞大的遗产也有一部分会落入你的荷包里吧。"

"如果犯案的目的是为了遗产的话，那么弟弟妹妹的条件不也一样吗？而且刑警先生，您也看到凶器的奖杯了吧。那是吾郎以前参加世界少年棒球联盟赢得优胜时的奖杯。"

"少啰唆，大哥！那原本就是摆设在书斋里的东西，凶手只是刚好拿来利用罢了。如果我是凶手的话，才不会故意拿自己的纪念品当凶器呢！"

"哎呀，为了让人产生误解才故意这么做——这种事情也并非不可能吧。"

明子坏心眼地这么一说，吾郎顿时将怒火的矛头直接指向姐姐。

"开什么玩笑！是大姐为了陷害我而用了我的奖杯吧。"

"别开玩笑了，为什么我非得做那种麻烦事啊？"

面对明子的问题，哥哥和夫有条不紊地回答。

"如果杀了老妈，再嫁祸给吾郎的话，明子分到的那一份就会变多了。"

"啊，对！"也不知道脑袋是不是真的很不灵光，明子一副现在才察觉到的样子，"可是不是我哦。我知道了，是宗助叔叔啦。毕竟遗产分到最多的是宗助叔叔嘛。"

"喂喂，明子，"宗助一脸惊慌地摆动双手，"你别乱说啦。我怎么可能杀死自己的老婆绢江呢？我和她是因为彼此深爱对方才在一起的。我对她的财产一点兴趣也没——"

"骗人！"

"你才不爱老妈呢！"

"你只对财产有兴趣吧！"

感情不睦的三位兄弟姐妹，只有在这个时候才会一个鼻孔出气。可怜的继父儿玉宗助强大的气势被吹到了墙边。看来在儿玉家里，这位父亲的地位，就跟被扔掉的报纸一样无足轻重。

"原来如此，我已经很清楚全盘状况了，"虽然不太清楚他到底清楚什么，总之，风祭警部点了点头，"到底谁有嫌疑呢？就算再怎么争吵，这件事也不会有结论的。那么不妨反过来想好了。只有我绝对不是凶手——有谁敢这样断言吗？"

一家人面面相觑。在这之中，一位男性果敢地举起了手，那是秘书前田俊之。

"就算杀害社长，我也拿不到半毛钱，反而还会因此失去住所和工作。所以我不可能杀害社长，您可以相信我吗？"

一群人之间产生了微妙的骚动。他们未必能接受前田的说辞，现场弥漫着这样的气氛。毕竟前田是在儿玉绢江这个暴君底下做事的人。虽然表面上装出一副心腹部下的样子，但内心难保不会产生什么样的深仇大恨。

在一家人不安的观望下，风祭警部经过一番深思熟虑之后，终于做出了决定。"驳回——其他还有谁？"

前田失望地微微垂下肩膀。之前一直保持安静的儿玉谦二郎摇晃着巨大的身躯开口了。

"我是绢江的堂哥，也是关西分店的店长，所以，绢江的生死多少会影响我的地位。就这层含意来说，就算我会被当成嫌犯，也是无可奈何的事。可是里美呢？刑警先生，您总不会说是我女儿杀了绢江吧？里美只是个初中生啊。她顶多只有暑假和新年的时候，才有机会见到绢江，所以绝不可能对绢江怀有杀意。所以我女儿跟这起案件无关。我说得没错吧？"

这次和前田的情况不同，一家人之间飘荡着赞同的空气。确实如此，杀害绢江夫人不可能是个初中女生做得出来的事情。仿佛受到这种气氛鼓舞似的，吾郎开口道："的确，这起案件中，只有里美不可能有嫌疑。您说是吧，刑警先生？"

"为什么各位会这么想呢？就算是初中女生好了，只要奖杯一挥，还是可以杀死绢江夫人啊。毕竟凶器是铜制的，具有相当的重量。"

"我知道，那可是我赢来的奖杯呢。可是问题就出在那个重量。简单来说，凭里美那软弱无力的手臂，根本无法把铜制的奖杯扔进二楼的窗户里。"

"嗯，原来如此，"警部也有点动摇地点了点头，"这么说起来也对，人们常说女生丢球丢不远，意思是大多数女性非常不擅长投掷物品这种动作。这位小姑娘也是吗，谦二郎先生？"

"是啊是啊，您说得没错。里美才十三岁，而且个头又比同年龄的女孩子娇小。运动方面也可以说是几乎完全没有经验，平常就只知道看书。她就是这种女孩啊，刑警先生。"

"啊，既然这样的话，那我也一样没办法吧。毕竟我也是个女孩子，丢不动重的东西——"

"明子以前不是当过掷铅球的选手吗？现在想要丢东西，应该还是游刃有余才对。"

对于和夫多嘴的发言，明子嘈了一声。儿玉明子比外表看起来更有力气，丽子细心地将这点记进脑海里。议论告一段落之后，风祭警部仿佛想要展现威严似的，做了个总结。

"看来除了里美小妹妹以外,其他六人都不能说是没有动机、机会,以及能力。当然啦,调查才刚开始。我们也不能完全否定有外人犯案的可能性——哎呀,小姑娘,你怎么啦?"

就像是要打断风祭警部的话一般,里美突然用颤颤巍巍的脚步往前走了两三步。警部和其他相关人士都愣愣地注视着少女的行动。少女露出僵硬的表情,嘴唇似乎还微微地颤动着,可是却没有把话说出口。

丽子注意到里美的脸色就像纸一样苍白——危险!

只是,当她想到的时候已经太迟了。

儿玉里美瘫软无力地当场倒在地上,就这样失去了意识。

4

结果案件第一天的调查持续到黎明,丽子几乎彻夜未眠。她只有在警车里假寐片刻,隔天早上就直接回到现场。

案件第二天开始,增派了更多调查员,儿玉家里里外外,到处都是便衣刑警与制服警察。他们调查被害人的遗物、手机,以及计算机等物品,以收集相关情报。然后为了寻找凶手留下的痕迹,从天花板上方到庭院的各个角落全都翻遍了。接着又到现场外围打听消息等等,花了很多时间在缜密却基础的调查上。

这个时候,风祭警部站在庭院中央,注视着昨晚被打破的二楼玻璃窗。

"警部,就算基础调查不符合您的个性,那也罢了,可是,站在这种地方发呆好吗？案件从昨晚开始就没有任何进展。"

"注意你的发言，宝生。虽然'基础调查不符合我的个性'的确是事实，但我可没有'发呆'。"

"是，真是非常抱歉！"

"我是在思考啊。思考凶手故意把凶器扔到二楼，砸破玻璃窗的理由。因为这是很奇怪的状况，不是吗？一般来说，凶手都想延迟事件曝光的时间，所以会把凶器给藏起来。不过，这起事件的凶手却采取了相反的行动。这里头应该隐藏着什么特殊意义才对。"

关于这个特殊意义，昨晚警部曾暗示过，可能是为了制造不在场证明。不过由于一干嫌犯之中没有人能提出不在场证明，因此警部的推理也就不了了之了。

警部不停地扭动脖子。然后他的视线从二楼往上停留在三楼其中一扇窗户。透过蕾丝窗帘，隐约可以看到一位身穿粉红色衣服的少女。

"话说回来，宝生，今天早上儿玉里美的情况怎么样？问出什么来了吗？"

"不，很困难啊……"

丽子上午以探病为名义和她见过面，不过却没有任何称得上是收获的信息。"为什么你会突然晕过去呢？"就算丽子这么问她。她也只是摇着头回答："不知道，我不记得了。""你在昏过去之前是不是想说些什么？"丽子这样问她。她就回了一句"没有"便敷衍了事。"你该不会是在隐瞒什么吧？"丽子试着威胁她。"……"她就保持沉默。十三岁的少女真的是很难应付。

"不过身体应该是没什么大问题。看来昨晚的事件似乎引发了轻微贫血。事件的紧张感与警部散发出来的独特压迫感,对一个十三岁少女来说,或许很难承受也说不定。毕竟警部是那种连小孩子都讨厌的人嘛。"

"原来如此,你的分析相当正确,确实只有小孩子特别讨厌我,"警部刻意曲解了丽子所说的话,"不过只有这些吗?"然后他用手扶着下巴,再度眺望建筑物。"等等……那女孩的房间,是在宗助房间的正上方吧……"

"是这样没错。怎么了吗,警部?"

"我突然想到了。宝生,你有没有扔过铜制的奖杯呢?哎哎,我懂我懂,当然是没有嘛。虽然说我获得奖杯的次数何止几十次,却也一次都没有扔过呢。"

"唔……"警部,在这个节骨眼上,你也不忘自吹自擂吗?真是一刻也大意不得,"您到底想说什么呢?"

"换句话说,这起案件的凶手,一定也没有投掷奖杯的经验。如此一来,凶手未必能把奖杯照自己的意思,精确地丢到目标地点去,反而很有可能会出乎意料地把奖杯给扔到了别的地方,不是吗?"

"啊,原来如此。换句话说,凶手瞄准的并不是宗助房间的窗户,而是正上方里美房间的窗户。不过因为凶手力量控制失误,导致奖杯飞进了二楼的窗户里。警部是这个意思吧?"

"嗯。奖杯比想象中要来得重,所以无法顺利投掷出去。这么就说得通了。"

"可是警部,凶手把凶器扔向里美房间的理由又是什么呢?"

"哎呀,你别急嘛,宝生。我只不过是在陈述一项可能性而已。不过看那女孩昨晚僵硬的表情,还有莫名其妙突然不省人事……她果然还是知道什么重大的秘密吧……"

难不成她会是凶手?还是说,她知道凶手是谁?在丽子正想这么发问的那一瞬间,风祭警部嘘地吹了口气,并竖起了一根食指。接着警部慎重地观察四周,然后用充满威严的声音对着附近茂盛的灌木丛大喊:"是谁在那里?不要偷偷摸摸的,快点出来吧。"

短暂的寂静过后,树丛晃动起来,从里头现身的是绢江的秘书前田俊之。

"我绝不是在偷听两位谈话,只是刚好路过这里而已,还请您原谅。"

"那好吧,"警部对低头认错的前田投以怀疑的眼光之后,便饶过了他,"话说回来,前田先生,我有事情想要请教你。"

"只要是我能答得出来的,无论什么问题,都请您尽管发问。"

"你当上社长秘书已经几年了?——噢,才一年啊,那还真短啊。不过即使如此,你应该还是比我们更熟悉公司的内部状况才是。那么我请问你,身为独裁社长的绢江夫人过世之后,'儿玉融资'社长的位子会落入谁的手中?果然还是丈夫宗助先生吗?"

"不,宗助先生不是当社长的料。就算暂时代理社长的位子好了,将来也会由其他人接任吧。"

"那么,那三个兄弟姐妹——比方说长男和夫,有没有可能就任社长一职呢？"

"就我所知，那是最有可能的事情。和夫先生是个认真的人，头脑也很精明，而且又有人望。问题在于和夫先生太年轻了。再者，不知道是不是和夫先生与生俱来的死板性格作祟，导致他对公司的业务不够了解。在和夫先生的眼里，认真工作的社长似乎只是个死要钱的黑心商人。"

"所以才会在昨晚晚餐的餐桌上引起那场大骚动啊。不过，和夫真的对绢江夫人说了什么'我要宰了你'吗？他看起来不像那种人啊。"

"这个嘛，因为我并没有和这家人一起用餐，所以——"

听说秘书兼司机的前田是自己一个人在别府吃晚餐。这么说起来，影山是什么时候，又是在哪里用餐的呢？丽子想起这种无关紧要的事情。

"那么，未来有没有可能往由次男吾郎继承的方向发展呢？"警部进一步问道。

"这种可能性很低。的确，听说以前社长对吾郎先生也寄予了相当大的期望。只可惜，现在的吾郎先生就像刑警先生您看到的那样。"

"以前他不是这个样子吗？"

"是的，据说高中时代的吾郎先生是个成绩优秀的模范生。不仅以王牌选手的身份活跃于棒球社，甚至还吸引了职业球探的注意。不过上了大学之后他就不行了。不知道是不是高中时代累积的疲劳使然，吾郎先生搞坏了肩膀，再也无法投球了。这对投手来说是致命的打击。吾郎先生从此退出了棒球社，功课也因此一落千丈，生活变得越来越颓废——"

"原来如此。一个有望成为候补职业选手的人，如今彻底变成了候补的败家子啊。"

听到风祭警部这段早有预谋的冷笑话，前田露出了为难的表情。"正是如此，"他低下头这么说，"最近吾郎先生每天总爱跟女大学生混在一起打网球、打高尔夫，要不然就是去冲浪，再也不碰棒球了。看到吾郎先生这个样子，社长也经常摇头叹气呢。"

"原来如此，我能体会这种心情。其实我高中时也是想要成为打进全国比赛的知名棒球选手。印象中，那是以夏季甲子园为目标的西东京大会第三场比赛。我身为王牌投手，站在府中市市民球场的投手丘上，和名校早稻田实业对战……"

之后整整七分钟的时间，遥想当年的风祭一直滔滔不绝地讲述自己和敌队打击者的白热化攻防战，不过因为这个故事丽子已经听警部讲了超过五次以上，所以她就这样站着睡着了。等到她突然回过神来时，警部已经吹嘘完毕，准备进入下一个话题了。

"顺便请教一下，女儿又怎么样呢？"

"您是说明子小姐吗？老实说，明子小姐接任社长的可能性是零。小姐感兴趣的大概只有最新的流行信息、演艺界的新闻，还有联谊的邀约吧。"

对社长千金十分尖酸刻薄，这点也十分酷似影山。不过，等等——丽子突然想到某种可能性，于是使劲地用指尖推着装饰用眼镜说道。

"前田先生，社长的位子有没有可能轮到你坐呢？"

"您说我吗？怎么可能。我只不过是一介社长秘书罢了。"

"不过，要是明子跟哪个优秀的男性结婚了，那位男性也不无可能以社长女婿的身份，成为新任社长吧？如果这位优秀的男性就是前田先生您的话呢？"

"我跟明子小姐吗？"前田缩了缩脖子，仿佛诉说着这绝不可能似的。接着，他小心确认过周围没有其他人之后，便在两人面前压低声音这么说道："这话我只对刑警先生你们说，其实什么有钱人家的大少爷和千金，大多都是不务正业的人，根本不能当成认真交往的对象——"

"才没有这回事吧！那是偏见！"风祭汽车的大少爷这么喊道。

"才没有这回事呢！那是偏见！"宝生集团的千金小姐也这么喊道。

"这，怎么了？为什么两位刑警要生气呢？"前田瞪大了眼睛。

"没有啦……我也不知道为什么。"

"是啊……我也不知道为什么。"

两位刑警在暧昧不清的辩解中，结束了对前田俊之的询问。

5

"这算是'偏见'吗，大小姐？"仿佛发自内心不懂问题出在哪里似的，驾驶座上的影山歪着头询问，"我认为前田先生的意见十分正确——"

"你要是再继续说下去的话，就给我在多摩川的河堤边下车，自己一个人走回去。"

"真是非常抱歉，前田先生的发言本身就是偏见，那完全是歧视。"

影山连忙转变态度。他所驾驶的轿车正在多摩川沿岸的公路上往川崎方向行驶当中。丽子的话才说到一半。"那么大小姐，请您继续说下去吧。"

真是的，这个管家平常一副很顺从的样子，有时候却又老爱像这样子唱反调——丽子轻轻地叹了口气。"对了，刚才说到哪儿了？"

"什么少爷千金都是不务正业的废物，根本不能当成认真交往——"

"那句不用重复了！还有，前田根本没有提到'废物'这两个字！"

被人从后座这么大喝一声，影山口中不禁低声吐出了"糟了"这样的真心话。丽子决定装作没听见，就这样继续说下去。毕竟，案件在今天下午有了饶富趣味的发展。

"长男和夫来到风祭警部身边，并且这么说：'虽然昨晚瞒着没说，不过其实我晚上九点的时候有不在场证明。'你没看到当时警部开心的表情……"

就像喜欢赌马的赌徒在连输三十次之后中了头彩一样。毕竟警部认为在这起事件中有不在场证明的人才是最有嫌疑的。如此一来，他就不至于颜面扫地了。

不过，和夫提出的不在场证明是这样子的。昨天晚上九点，宗助房间的玻璃窗破掉时，和夫正在和女性通话中。和夫把他和绢江夫人大吵一架这件事情，向某位女性友人抱怨了三十分钟以上。这时，玻璃碎裂的声音传来，和夫结束了和女性的通话，并赶往二楼。也就是说，这位女性就是不在场证明的证人。这位女性是和夫秘密交往的女友，而且还是个有夫之妇，所以和夫才不想公开这段关系。

"当然，我和警部立刻去见了那位电话中的女性，以查明真伪。那位女性证实了和夫的证词，我觉得她看起来不像是在说谎。不过风祭警部好像怀疑这对婚外恋的情侣是串供捏造了不在场证明的样子——这点影山怎么想呢？"

"既然大小姐认为那位女性的证词可信，那么我也只能尊重大小姐的判断。和夫的不在场证明大概是真的吧。"

"等、等一下，你这么信任我反而不好吧，毕竟他们伪造不在场证明的可能性并不是完全没有。事实上，凶手在昨天晚上九点故意打破玻璃，做出了像是要通知大家宅邸里发生了案件的行为。这很像是在为不在场证明预做准备吧。影山也是这么想的吗？"

驾驶座上的影山注视着夜晚昏暗的道路，就这样突然用鼻子闷哼了两声。

"嗯？"丽子从后座向前探出身子，"你哼什么哼啊？"

于是影山那端正的侧脸浮现微笑，并且用奇妙的语气这么说道：

"真是对不起，大小姐。我笑得肚子好痛。"

丽子明白。当影山会对丽子说出拘谨却又无礼的狂妄之词时，就是他脑海里的推理转变成确信的时刻。在最近和他相处的日常生活中，丽子曾无数次遭受到这种言词上的侮辱，所以她很明白这点。虽然明白归明白……

"这、这、这有什么好笑的！理由呢，把理由说来听听啊！"

虽然明白，但还是会生气，丽子的声音因屈辱而颤抖。管家冷静地开口了。

"大小姐和风祭警部都太拘泥于不在场证明了，那样真的很好笑。老实说，我认为两位有点搞错方向了——"

"哪里搞错方向了！你、你给我说清楚！"

如果您想听的话——用恭敬的语气这么回答后，影山便冷静地开始说明。

"昨天晚上九点的时候，为什么凶手要炫耀般地将凶器扔到二楼，破坏二楼的玻璃窗呢？这是本案最大的疑点。风祭警部也很清楚这点的样子。不过，警部却误解了它的意义。根据警部的解释，凶手的行动是为了'打破玻璃制造巨大的声响'，以便'让屋里的人们产生晚上九点是犯案时间的印象'。是这样没错吧，大小姐？"

"是啊。简单地说，警部怀疑那可能是凶手用来制造不在场证明的手段。"

"可是，如果这像警部所想的一样，是制造不在场证明的一环，那么凶手的行为就大有疑问了。为什么凶手要特地把奖杯扔到二楼呢？为什么一楼就不行呢——"

"啊！"丽子恍然大悟，"听你这么提醒，的确是这样没错。如果想要发出巨大声响的话，只要打破一楼的窗户就好了，那样做肯定要简单多了。然而，凶手却刻意打破了二楼的窗户。这到底是什么用意呢？难道凶手的目的不是制造声响吗？"

"正是如此。凶手真正的目的并不是'巨大声响'。那么，'把凶器扔进二楼窗户'这件行为,还有什么其他意义吗?"

"我倒是看不出有什么意义。"

"您想错方向了,大小姐。警方现在应该是这样看待这起案件的——凶手用奖杯打死了绢江夫人,紧接着跑到庭院里,把凶器扔进二楼的窗户,随后又以相关人士之一的身份出现,装出一副毫不知情的样子——这种印象正是凶器被扔进二楼造成的,不是吗?"

"话是这么说没错啦,不过那又怎么了?"

"从这件事情可以猜测到凶手的特征。简单地说,凶手是一位能够将重量如同铜制奖杯的物体,扔掷到高度接近二楼窗户的人物。我有说错吗?"

"虽然还称不上是凶手特征啦,不过一般人当然会这么认为啰。"

"反过来说,没有投掷能力的人,就不会成为被怀疑的对象。我有说错吗?"

"是没错啦——等等,影山,你到底想说什么?"

面对忍不住从后座往前探出身子的丽子,影山以沉稳的声音继续说明。

"没有投掷能力的人就不是凶手。凶手是一位能够用力扔掷物品的人物。凶手正是为了把这种印象灌输给警方,才会像是在炫耀般打破二楼的窗户,不是吗?这就是我的推理。反过来说,在我看来,不符合这种形象的人物,也就是'无法投掷的人',才是出乎意料的真凶——"

"等、等一下。你该不会是在说里美吧?的确,她没有把凶器扔到二楼窗户的能力。因为这个缘故,昨天就已经先排除她的嫌疑了。不过你这是在开玩笑吧？那女孩居然打死了绢江夫人，这怎么可能嘛。"

"是的，您说得没错，这的确不可能，"影山干脆地断言，"这是因为从体力、意志力，以及动机等各个方面来看，里美小姐在这起事件中，处于嫌疑最薄弱的地位。假使她真的是杀害绢江的真凶，那就没有必要耍小花招去打破二楼的玻璃窗了。毕竟打从一开始，就不会有人怀疑到她身上。"

听了影山有条不紊的说明，丽子松了口气。

"什么嘛，原来不是她啊。那么到底是怎么一回事呢？除了里美以外，不就没有'无法投掷的人'了吗？其他嫌犯大多都是成年男性，而且说到女性，明子也算是腕力相当大的——"

"不，嫌犯之中还有另一个'无法投掷的人'。"

"在哪里？除了里美以外'无法投掷的人'在哪里？"

于是驾驶座上的影山以低沉的声音说出了意外的名字。"是儿玉吾郎。"

"吾郎？"那个染了一头褐发又戴了耳环的败家子，"为什么吾郎是'无法投掷的人'呢？"

"您忘了吗？大小姐。前田俊之的证词中有这样一段话。吾郎过去是连职业球探都高度关注的高中王牌棒球选手，不过却弄坏了肩膀，再也无法投球了——"

"啊？"丽子忍不住怀疑起自己的耳朵。没想到这位头脑清晰、思虑无懈可击到让人火大的影山，居然也会说出这种大外行的话。"影山，你说这话是认真的吗？"

"当然。我的表情看起来像是在开玩笑吗？"

虽然从后座看不清楚驾驶座上影山的脸，但他的语气再认真不过了。

"唉，影山。很久以前我曾经问过你'为什么要当管家'，那时候你是这么回答的吧：'其实我原本是想当职业棒球选手或是职业侦探的。'那些话是骗人的吗？我还以为你很懂棒球呢。"

"那不是骗人的，大小姐。撇开管家的工作不谈，我对推理和棒球的确相当有自信。"

"嗯……"如果可以的话，真希望你也能对管家这个本行抱有自信，不过先不提这个了，"那么，影山你应该也很清楚吧。吾郎或许真的弄坏了肩膀，但那并不表示他再也不能投掷物品呀。实际上，在放弃了棒球之后，他还是能够正常地打网球和高尔夫球呢。扔奖杯这种事情，一定易如反掌才对。"

"您说得没错，大小姐。也就是说，曾是高中王牌棒球选手的吾郎'弄坏了肩膀，再也不能投了'，这句话真正的意义是：'要担任投手，投出球速一百四十公里左右的快速球，或是大幅偏转的变化球，而且还要在一场比赛之中投出超过一百球以上，凭那样的肩膀是办不到的。'所以说现在的吾郎，是处于不能投却又能投，能投却又不能投的状态。"

"能投……却又不能投？"

当丽子为奇怪的措辞感到困惑时，驾驶座上又传来了声音。

"可是大小姐，这里有个很大的问题。一个不熟悉运动项目的十三岁少女，真能正确地理解这句话在语意上的微妙差异吗？"

轿车在夜晚的黑暗中静静地前进。丽子竖耳倾听驾驶座上影山所说的话。

"棒球是很难懂的运动。在这世界上所有的运动中，没有哪一种像棒球那么复杂奇特。虽然大小姐对棒球很了解，但是就女性来说，还是有很多人完全不了解棒球是什么，这也不足为奇。里美小姐恐怕也是这种类型的人吧。如果有人告诉她：'吾郎以前是个投手，却因为弄坏了肩膀而再也不能投了。'对不了解棒球的她而言，未必能够正确理解这句话的含意。就算叫她直接解读字面上的意义，那也有些强人所难。"

"字面上的意义——也就是吾郎'弄坏了肩膀'，所以'再也不能投掷'物品吧。至少在里美的认知中是这个意思。"

"正是如此。我们假设这位里美小姐，偶然间成了绢江夫人遇害案的第一发现者，里美小姐知道杀害绢江的凶手是吾郎。"

"为什么？为什么里美会知道这件事呢？她看到凶手了吗？"

"不，就算没看到也会知道。这是因为尸体旁边写了'吾郎'两个血字。"

"啊，对了！死前讯息！"丽子和风祭警部都无法辨别的血字，只有里美一个人看到了，"所以这是怎么一回事？难不成看过死前讯息又加以毁灭的人是里美吗？"

"是的。里美小姐大概对远房亲戚的吾郎暗自抱有好感吧。毕竟天性真诚的少女，往往容易受到爱使坏的男性所吸引。这不是什么不可思议的事情。这样的里美小姐，知道犯案的人是吾郎，便勇敢地下定决心，要包庇吾郎的罪行。首先，她将眼前'吾郎'两个血字用毛巾擦拭到无法辨别的状态。不过她认为这样还不够，于是又带着扔在尸体旁的凶器奖杯离开现场，然后将奖杯扔进二楼的窗户里。"

"只要这么做，'无法投掷'的吾郎就能摆脱嫌疑。里美是这么想的吧。"

虽然这是由于错误认知所建立的错误理论，但是对她来说，却是合情合理的行为。

"不过等一等。里美是怎么样把奖杯扔进二楼窗户的？她是那个真正无法将奖杯扔到二楼的孱弱少女哦。"

"大小姐，请您仔细想想。所谓凶器从庭院被扔进二楼的窗户里，这只是大家想象出来的产物。那只不过是从破碎的玻璃、掉在地上的凶器，以及一楼发生的杀人案联想而来的画面。谁也没有目击到当下的场景。"

"所以事实并不是这样啰？"

"是的。实际上，凶器恐怕是从三楼的窗户，往二楼的窗户扔进去的吧。考虑到里美小姐的房间就在宗助房间的正上方，这点是错不了的。可行的做法有很多种，比方说在奖杯上的环状部分——打者雕像的胯下部分应该是最理想的——在那里穿上一条细长的绳子，就这样把奖杯从三楼的窗户垂吊下去。然后仿照钟摆的要领，把奖杯甩向二楼的窗户。玻璃窗破了，奖杯飞进了宗助房间里，之后再拉扯细绳

233

的一端，收回细绳就行了。这种做法连小孩子也想得到，而且不需要多大的臂力。当然也可能有更好的做法也说不定，不过无论如何，手段不是问题。重要的是让大家都产生凶手从庭院将凶器扔到二楼的印象。里美小姐实行了她的计划，而且也确实成功了。可是一旦调查开始——"

"吾郎却没有摆脱嫌疑，这是理所当然的嘛。毕竟吾郎是'能够投掷'凶器的人啊。"

"是的。结果里美小姐的所作所为，只有让手无缚鸡之力的她被排除在怀疑的对象之外而已。她试图拯救吾郎而付出的努力彻底化为泡影。可是，她完全无法理解周遭大人们的反应。里美小姐在大厅接受询问时，应该是这么想的。为什么吾郎以'无法投掷'为理由，主张她是无辜的，却不用同样的理由主张自己也是无辜的呢？为什么其他人都不提到吾郎'弄坏了肩膀'这件事呢？既然谁都不说的话，那就由我自己来说好了。可是这样做，会不会让其他人感到很不自然呢？她内心应该十分挣扎才对。就在这个时候，风祭警部结束了询问。终于按捺不住性子的里美小姐，决定为吾郎平反而站起身子，并且试图说些什么——"

"可是由于极度的紧张与混乱，她最后什么都没说，就这样昏了过去——你的意思是这样，没错吧？"

"是的，恐怕情况就是这个样子。"

听了驾驶座上影山的分析后，丽子低声确认起来。凶器被扔进二楼窗户这个令人费解的行为，光是思考个中含意，影山就看穿了少女那误解事实的意图，甚至连抹消的死前讯息的事都被解读出来了。当然，目前没有确切的证据可以证明影山的推理是正确的。不过，他的解释能够让大部分的谜团都变得合理化，这也是事实。

"所以凶手是儿玉吾郎，而里美则是事后共犯。"

"暂且这么说是没错的，"影山用模棱两可的表达方式继续说道，"不过大小姐应该也明白，在这个世界上，灵异照片和死前讯息这类东西是很靠不住的。那种东西，别人想要怎么捏造都行。"

"你说什么！"丽子因为过度惊讶而忍不住大叫起来，"灵异照片是捏造的吗？"

"大小姐——"影山停顿一下，干咳了一声，"您惊讶的重点搞错了吧？"

"我、我知道啦，只是不小心搞错而已，"丽子慌慌张张地回到正题上，"你说死前讯息是捏造的。换句话说，吾郎未必是凶手。意思是还有其他凶手吗？是谁啊？"

"这个嘛，我已经想到那个人的名字了——总之，事情的后续，等到了宅邸再谈吧。"

这么说完之后，影山便暂时中断了对话。透过他前方的挡风玻璃，可以看到熟悉的宅邸大门。刚才一直沿着多摩川往下游行驶的轿车，似乎在不知不觉中转换方向，回到了国立市。

6

宝生丽子回到宅邸之后过了几个小时——

鸦雀无声的黑暗之中，宣告此刻是深夜的挂钟，在远处的房间里响起钟声。丽子躺在床上，聆听着那令人感到时空错乱的阴沉音色。她的脑海里不断重复着刚才影山告诉她的推理。死前讯息指出凶手的名字是儿玉吾郎。可是在影山心里，似乎浮现出另一个凶手的名字。不过最后影山还是没有说出那个名字。只要没有绝对的确信，就绝不能指名道姓地说出谁是凶手，影山似乎抱着这般坚定的信念。以一个业余侦探来说，这样的伦理观念着实令人敬佩，不过你在以前的事件里，还故弄玄虚、卖弄理论，斩钉截铁地说什么"他就是凶手"呢。那又算是什么啊？哼，不过就是爱装腔作势嘛……啊啊，好困啊……对呀，昨晚几乎整夜没睡……现在这么困也是没办法的嘛……

不久，丽子败给了睡魔，开始迷迷糊糊地打起盹来。就在这一瞬间——铿锵！响起了一阵金属互相撞击的响声。从沉眠的深渊被拉回来的丽子，在意识蒙眬的状态下，微微眯着眼睛一看，她的面前不知什么时候出现了一根金属球棒。而握着球棒的人正是影山。

"大小姐！现在不是打瞌睡的时候！如今正是案件的高潮啊！"

"咦？"听影山这么一说而睁开双眼的丽子，被眼前的光景吓得战栗不已，"什么？"

在窗外透进来的月光中，影山前方浮现出一个蒙着脸的黑色人影。那个人影朝着睡着的丽子，挥下了像剑一般的东西，而影山则是用金属球棒勉强挡下了那把剑。对手的刀刃与管家的球棒剧烈摩擦，黑暗中响起了吱吱轧轧的刮擦声响。

"啊！"丽子惊慌失措地滚下床，在地上连滚带爬，然后一边利用影山的背部当掩护，一边站起身。接下来，呃……该说什么来着？遇到这种状况的时候，一定要说帅气的台词啊——不，都已经到了人命关天的地步，不管说什么都好啦。丽子大叫道：

"上钩了吧！我已经看穿你的恶行啦！乖乖束手就缚吧！"

这不是古装剧里捕快的台词吗？当丽子内心感到别扭时，前方响起了男人雄厚的喊叫声。

"可恶！这是怎么一回事啊！"

"你问这是怎么一回事啊——"

简单地说，虽然同样是豪宅，但这里并不是宝生家的宅邸，而是儿玉家的宅邸。而且，还是三楼里美的房间。那么，为什么丽子会睡在里美床上呢？理由就在影山的推理之中。他的推理是这样的……

——真凶绝不可能会感谢那个在自己不知情的时候悄悄消除死前讯息，并且挪动凶器的事后共犯。反而会感到担心害怕对方的存在。如果凶手有足够的观察力，那么，他极有可能从昨晚里美接受询问时的模样，推测出她就是事后共犯。如此一来，今晚里美恐怕就有危险了。虽然这是危机，但同时也是让凶手现形的绝佳机会——

于是丽子让里美躲到其他房间，自己则代替她躺在床上，结果因为睡眠不足而打起盹来。话虽如此——"我没有必要跟你解释！"

丽子省略掉繁琐的说明，并且对管家下令。"影山，干掉这家伙！"

"遵命。"影山这么回答后，便缓缓地将右手伸进黑色西装的胸口部分。

"等等，影山，你该不会！"你该不会是想拿出手枪吧？可是，如果在这里亮出枪械的话，影山就会和凶手一起被警方逮捕了。虽说丽子是刑警,也不可能搓掉非法持有枪械的罪行。"啊,不过你放心吧,影山!只要拜托父亲的话,事情就可以压下来了!"

"您在说什么啊?"影山带着若无其事的表情,取出一根棒状的物体,然后用力地甩了一下。原本约二十厘米长的棒子一瞬间伸长了三倍。那是伸缩警棍。"这给您防身用。"

"谢谢,"接下影山递过来的警棍后,丽子皱起眉头说,"为什么你会有这种东西?"

"因为我是管家。"影山依然一脸若无其事地说。虽然这是牛头不对马嘴的回答,但是这时也管不着了——

丽子右手拿着伸缩警棍,影山双手握着金属球棒,在黑暗中与蒙着脸的真凶对峙。仔细一看,凶手手持的剑柄似曾相识,那是大厅的西洋式盔甲腰上配挂的军刀。丽子对影山悄声说:"现在的情况是二对一,而且那家伙拿的是模型刀,我们占了绝对的优势呢。"

"如果是这样就好了……"

就在这一瞬间,蒙着脸的男人像是跳着舞似的飞扑过来。一阵金属声再度响起,影山的球棒和男人的剑在黑暗中交会,迸发出星点火花。影山使出浑身之力猛挥球棒,对方便招架不住而拉开了距离。影山一边用指尖触摸金属球棒前端,一边缓缓地摇了摇头。

"很遗憾,大小姐,这把剑不是模型刀,刀刃确实开过锋了。"

"啧——绢江夫人还真是的,在家里摆了这么危险的东西啊!"

虽然人数上占有优势,但我方拿的可是金属球棒和警棍。面对挥舞真刀的对手,那就很不利了。就在丽子发着牢骚的时候,男人以她为目标袭击过来。不知道那男人是不是练过剑法，一副好像很习惯耍弄军刀的样子。丽子毕竟是个警察，所以当然很熟悉警棍的用法，不过，她光是要闪过对手的攻击就已经费尽所有的心力了。丽子一边用警棍挡下敌人激烈的打击，一边用眼角搜寻影山的踪迹。然而在她特别需要帮忙的这个节骨眼上，房间里却到处都找不到影山。"影山！"

没有人回答。

原来他逃走啦，这个不忠不义的家伙。哼，算了。反正他不过是个管家，终究只适合乖乖地泡红茶，不适合在犯罪现场逮捕凶手。逮捕杀人犯是国立署搜查一科盛开的一朵黑蔷薇——宝生丽子的职责啊！

在心底这么宣誓过后，丽子握紧了伸缩警棍。蒙着脸的男子突然袭击过来。

就在这一瞬间，一道人影从床铺的阴影处跳了出来，拨开了对方的剑，挡在两人之间。那是影山。敌人警戒似的撤退到墙边。丽子躲在影山的背后说："你跑到哪里去了啦！影山！我还以为你不见了！"

丽子几乎快要哭出来了。她是真的很害怕。

"让您久等了，真是抱歉，大小姐。这边请交给我吧。"

"什么叫请交给我啊，这个笨蛋管家！我们不一起动手的话，可是会被对方干掉的！"

"不，先由我来吧，"影山以不容分说的口气这么说完后，便平举着球棒挑衅对手，"像个男人一对一地决一胜负如何？前田俊之先生。"

咦，前田俊之？大为震惊的丽子越过影山的背部望向蒙面男子。

被点名的男子瞬间露出有点犹疑的样子。不过他并没有脱掉面罩，就这样将手里的剑笔直地指向影山。

在昏暗的房间里，两个身穿黑衣的男人互相对峙。一人拿着军刀，一人拿着球棒。除去手中的武器的话，两人散发出来的气息都十分相似。在令人烦躁的紧张感之中，手持军刀的男子仿佛再也按捺不住似的行动了。

"咿呀呀呀呀呀呀呀——"男子一边发出怪鸟般的叫声，一边朝影山砍劈过来。

影山虽然没有发出怪叫声，但却高举球棒迅速做出反应。剑与球棒在房间中央交错成十字形，激烈的撞击声瞬间响彻了整个房间。那不是"铿锵"那么响亮的金属声，而是"叩"这般钝重的声响。在剑与球棒交会的状态下，两人的动作于黑暗之中骤然停止。这是场实力不分轩轾的战斗，在丽子的眼里看来是这个样子。不过在那之后，手持军刀的男子显然流露出急躁的神色。男子做出两三次晃动身体的动作。这时，丽子看清楚了。影山那被月光照亮的侧脸上，浮现出确信已经得到胜利般的微笑。在下一个瞬间——

蒙面男子突然松开军刀的握柄，然后像是放弃对决似的落荒而逃。

丽子不明白其中的意义。

"大小姐！快逮捕凶手！"

听了影山的声音，丽子回过神来。她从背后冲向试图逃往门口的男子，并用伸缩警棍往后脑勺使劲一挥！往前扑倒的男子前额重重地撞上了门扉！头部前后都受创之后，男子仿佛死了这条心一般，无力地瘫倒在地上。

"没想到居然这么简单就结束了……"丽子俯视着丧失斗志的蒙面男子,"影山,把灯打开!"

昏暗的房间里立刻亮起灯来。在那一瞬间,丽子的视线不是落在凶手身上,反而是影山手里的球棒,那并不是金属球棒。

"这是怎么一回事?刚才应该是用金属球棒啊……什么时候换成了木制球棒啊?"

"趁着大小姐大展身手的时候,我把金属球棒和备用球棒交换过来了。我认为木制球棒会比较有效。"

影山握着木制球棒的握把,将球棒前端提到丽子眼前。银色的军刀刀刃成十字形地嵌合在球棒上。军刀和木制球棒激烈交会的瞬间,由于刀锋太锐利了,刀刃就这样深深地陷入了球棒的前端。结果不管怎么推怎么拉都再也抽不出来了。凶手突然丢下长剑逃走,就是因为这个缘故。理解整个情况后,丽子不禁为影山的机智感到惊讶不已。

"真是不敢相信,明知道对方拿着真剑,却还刻意换成了木制球棒,一般来说应该是反过来吧。"

"我只是赌上一把而已,幸好进行得很顺利。先不说这个了,大小姐。"

影山将视线投向倒在地上的凶手,丽子轻轻地点点头后,便在凶手的身旁蹲了下来。

"就让我看看你的脸吧。"

丽子伸手一口气揭开了面罩,底下出现的是绢江夫人寄予极大信

241

任的秘书的脸。

"前田俊之——果然是你啊。不过这到底是为什么呢？"

"我、我要为女朋友报仇……"前田一边喘气，一边拼命地控诉着，"我的女朋友被那个女人害得自杀了……为了报仇，我成为那个女人的秘书……我女朋友死的时候，没错，那是三年前的事了，我永远都忘不了那个夏天……当时我和她正同居在一起……"

"啊，等等，"丽子往前推出手掌，打断了前田所说的话，"你会说很久吗？那么明天在侦讯室里再好好地听你说吧，毕竟今天已经很晚了。"

老实说，丽子已经没有力气洗耳恭听杀人犯的复仇故事了。

就在这个时候，房间的门打开了。两位年轻的制服警察战战兢兢地探出头来。

"啊，宝生刑警……"

"发生什么事了吗……"

两人似乎是听到骚动声才赶过来的，不过他们出现得也太晚了。丽子无奈似的双手叉腰，轻轻地叹了口气。但是出现得晚，也还算出现得巧。丽子仿佛要展现一下威严般挺起胸膛，指示两位警察进行案件的善后工作。

"立刻把这个男人带回国立署，先用妨碍公务的现行犯罪名羁押。此外，这个男人应该就是杀害儿玉绢江的真凶。那么，接下来就拜托你们了……啊，等一下，不对不对……不是这个男的……凶手在这边……那边那个人不是凶手，这……该怎么说呢，他是我的伙伴……"

所以不要逮捕他哦。"

7

"真是非常感谢您，大小姐。我差点就被警察带走了呢。"

场景再度回到轿车车内，驾驶座上的影山近乎挖苦地反复道谢。显然，他似乎因为自己对逮捕凶手做出极大贡献，却又差点被铐上手铐这件事颇有怨言呢。唉，这也不能怪他啦。

"都是因为你平常就怪里怪气的，才会被人误认成罪犯。而且还带着奇怪的武器——不过这回倒是真的派上用场了。"

丽子用双手把玩借来的伸缩警棍。"话说回来，我有个问题想问你。"

"您要问为什么凶手是前田俊之吗？"

"应该说，为什么你会这么想？这点我怎么样都无法理解。"

被丽子这么一问，影山开始进行最后的解谜。

"其实我也不确定前田就是凶手。毕竟现场遗留的死前讯息，很有可能真的是绢江夫人留下来的——也就是说，儿玉吾郎很有可能是真凶。不过另一方面，如果死前讯息是被捏造出来的，那么捏造死前讯息的凶手会是谁呢？想到这里的时候，我突然感觉到一阵怪异又不合理的感觉。"

"不合理？"

"是的。就像之前已经推理过的一样，现场遗留下来的死前讯息是'吾郎'两个字。可是为什么是'吾郎'呢？为什么不是'和夫'

呢？如果杀害绢江夫人的凶手试图要嫁祸给谁的话，和夫不是比吾郎更合适吗？因为案发当天，和夫在晚餐的餐桌上，和绢江夫人大吵了一架，而且还顺势说出'我要宰了你'这种恐吓的话。我认为对凶手而言，没有比和夫更理想的代罪羔羊了。"

"这倒也是。明明有和夫这个最适当的人选，凶手却选择了吾郎。这是为什么呢？"

"是。这时我想到了两种可能性。第一个可能，是和夫自己就是杀害绢江的凶手。"

"毕竟要伪造死前讯息，绝不会写自己的名字嘛。可是和夫有不在场证明，虽然是婚外恋的女方证词，但他的不在场证明还算可信。"

"是的。所以另一个可能性就浮出水面了。"

"另一个可能性？"

"就是凶手并不知道和夫曾说过'我要宰了你'这句话。如果没有听到这句话，自然就不会产生要嫁祸给和夫的想法。那么，不知道和夫说过这句话的人，又会是谁呢？"

"原来如此，所以才会想到是前田啊。宅邸里的人，只有前田没有同桌用餐。独自一人在别府用餐的前田，并不知道晚餐时发生的大骚动。"

驾驶座上的影山轻轻地点了点头，看来所有谜题都解开了。丽子已经没有什么想要继续问的问题了。至于其他还不清楚的细节，等到了明天，前田本人应该就会亲口说明了吧。时间已经过了午夜，精疲力竭的脑袋已经无法思考了。对了，话说回来，既然过了午夜的话——

丽子突然觉得胃里空空的，于是便想起了之前没吃到的鹅肝。手表指向凌晨两点，正是让人忍不住想吃消夜的时间。

"哎，影山，"丽子朝驾驶座探出身子说，"你肚子饿不饿？"

不过影山连眉毛都没动一下。"我并不觉得特别饿，"并且像平常一样爱逗弄人地回答，"不过大小姐若是有想去的地方，那就请您带路吧。可是，提供鹅肝的餐厅现在已经休息了。"

"这倒也是，"丽子一瞬间陷入沉思，然后突然想到一个有趣的问题，"哎，影山，你有没有常去的店啊？"

"您说我吗？"影山似乎吓了一跳般沉默了几秒钟，然后给了一个就他而言相当意外的答案，"当然有。"

"骗人？真的有吗？哪里，哪里，在哪里？很近吗？半夜也开吗？是什么样的店啊？"

为什么自己会异常兴奋呢？这点就连丽子本人也不清楚。如果硬要说的话，大概是因为她从来没想象过影山平常用餐的样子，所以丽子不由得兴起了好奇吧。面对这样的丽子，影山也用带着些许兴奋的语气吹嘘着。

"那是隐藏在五日市市街旁的名店呢。在上海习艺多年的主厨，使用国产上等食材，再以珍藏的酱汁与不外传的烹调方法，调理成极致珍品——"

"是中华料理啊！"

"是的,"影山在驾驶座上自信满满地点了点头,"是最强的中华拉面。"

"中华……拉面?"影山出人意表的选择,让丽子不禁哑口无言。接着她拼命憋住不知道为什么不断涌上心头的笑意,好不容易才抬起头来。然后,丽子带着很有大小姐风范的开朗笑容,以略带做作的语气,对驾驶座上的管家这么说:"好像是家很有趣的店呢,可以马上带我去吗?"

"遵命,大小姐。"

影山恭敬地这么回答后,便猛转方向盘,同时用力地踩下油门。

在仿佛整个国立市都陷入沉眠的寂静夜晚,轻快的引擎声响了起来。

载着大小姐与管家的豪华礼车,一路疾驶向令他们垂涎的深夜晚餐。